河出文庫

古典新訳コレクション

日本霊異記・発心集

伊藤比呂美 訳

河出書房新社

目次

日本霊異記

発心集

日本霊異記・発心集

日本霊異記

序

もとをたどれば、仏教と儒教が日本に伝わった時期というのは二度にわたっている。いずれも、百済《くだら》の国から海を越えてやってきた。まず、軽島《かるしま》の豊明《とよあきら》の宮で天下を治めた誉田天皇《ほむたのすめらみこと》（応神帝《おうじん》）のみ代に、儒教が伝わった。それから、磯城《しき》島《しま》の金刺《かなさし》の宮で天下を治めた欽明《きんめい》天皇のみ代に、仏教が伝わった。

ところがおかしなことだ。儒教を学ぶ者は仏教をそしる。仏教を学ぶ者は儒教を軽んじる。ばか者はどこまでも迷いをひきずって、罪を受けるのも幸いを得るのも前世の報いだということを認めない。深く悟った人間だけが、仏教を知り儒教を知り因果を信じて怖《おそ》れているという状況だ。

しかし代々の帝《みかど》はどうだ。

ある方は高い山に登って、民の貧しさを知り、民をあわれみ、ご自分は雨の漏るような宮に住んで民を慈しんだ。またある方は、生まれつき聡明で、透視力や予知力を持ち、一度に十の訴えを聞いて一つも聞き洩《も》らすことがなかった。二十五歳という若さで、時の帝に大乗経の講義をし、仏典の注釈書まで作った。それは後世にまで伝わっている。またある方は民をすべて救うと誓いを立てて、大仏を造立した。天はその誓いを聞き入れ、地は宝の蔵を開いて黄金を出した。

それから大僧たちはどうだ。

ある方は徳も行いも菩薩《ぼさつ》そのもの、智《ち》の光をともして闇の世界を照らし、慈悲の舟をこぎ出して溺れる人を救い、難行し、苦行して、遠い国にも名を知られている。当代にも、すごい智恵と霊力を持った方がいる。

奈良、薬師寺の僧、景戒《きょうかい》、ここでつらつらと世間を見ている。

見えてくるのは、人のいやしい行いばかりだ。

利益を求めて財をむさぼるそのようすは、鉄山の鉄を吸い尽くす磁石より、意地汚い。人の物を欲しがりわが物を惜しむそのようすは、粟《あわ》を粉にして糠《ぬか》まで食うのより、けちくさい。寺のものを盗んだために、牛の子に生まれ変わって償った者がいた。仏法と僧をそしったために、現《うつ》し身に災いを受けた者もいた。でもまた一方で、仏の道を求め、善行を積んで、その結果、幸いを得た者もいた。影が形に添うように、善悪の報いがある。谷間でこだまが返るように、苦や楽が身に返る。因果の報いを見聞きする人は、はっと気づいて目が覚め、目の前の雑事はどうでもよくなる。罪を恥じる人は、後悔にドキドキして、早く罪から離れたくなる。善悪のつながりを知らずに、曲がったものを直せるか。是非を決められるか。因果の報いを考えずに、悪い心をなくせるか。仏の道をすすんでいけるか。

むかし中国で書かれた『冥報記《みょうほうき》』や『般若験記《はんにゃげんき》』は、とてもおもしろくてためになる。でも、よその国の話をありがたがるだけじゃなく、自分の国に起こったふしぎな話も、信じて怖れるべきではないか。

わたくしは、立ち上がってあたりを見まわした。放っておくわけにはいかないのだ。

それから、座って思いをめぐらした。

黙ってもいられないのだ。

そこで、耳にしたことを書き記し、「日本国現報善悪霊異記《にほんこくげんぽうぜんあくりょういき》」と名づけ、上中下三巻としてこれを後世に伝えたいと思った。ところがこの景戒、生まれつきがあんまり賢くない。心はかなり濁っている。持ってる知識だって井の中の蛙《かわず》ていど、人間としてはまだまだだ。名匠の作品をへたな職人がいじるようなものじゃないか、怪我《けが》するだけなんじゃないかと思いながら、崑崙山《こんろんざん》のうつくしい岩や石にころんと混じる石ころくらいには、なれるかとも思う。なにぶん伝聞をもとにしているので、書き洩らしもあるだろうし、格好つけて筆がすべることもあるだろう。

後世の読者のみなさん、どうか嘲笑《わら》わないでください。このふしぎな話を読むみなさんが、邪《よこしま》な道にすすまずに、正しい道に入ってくれることを、祈るばかりです。

諸悪莫作《わるいことをするな》。

諸善奉行《よいことをするのだ》。

雷を捉える縁

小子部栖軽《ちいさこべのすがる》は、泊瀬《はつせ》の朝倉の宮で二十三年間天下を治め雄略《ゆうりゃく》天皇（大泊瀬稚武《おおはつせのわかたけるのすめらみこと》天皇という）にとっては、肺や肝のようにかたときも傍《そば》を離れず、その身を護《まも》り、つき従う役目の者であった。帝《みかど》が磐余《いわれ》の宮に住んでいたときのことである。

帝と后《きさき》は宮の正殿でセックスをしていた。

知らずに栖軽が入ってきた。

帝は恥じて止《や》めた。

そのとき、空に雷《いかずち》が鳴りとどろいた。

帝が〈天子《てんし》のことば〉を発した。

「おまえは、天の鳴る神を、お連れして、来られるか」ということばである。

「お連れしてまいります」と栖軽が答えた。
帝がまた〈天子のことば〉を発した。
「お連れして来い」ということばである。
〈天子のことば〉を受け取った栖軽は、磐余の宮から出て行った。
緋色《ひいろ》のかずらを額に巻き、赤い旗をつけた鉾《ほこ》をかかげて、馬に乗って出て行った。
阿倍《あべ》と山田の道を走って行った。
豊浦寺《とゆらでら》の前の道を走って行った。
そして軽の諸越《もろこし》の辻に来た。
栖軽は、辻のまん中で、大声をはり上げて言った。
「天の鳴る神よ——帝のお招きである——」
それから、馬を返して走りながら言った。
「天の鳴る神といえども——帝のお招きを——受けずにいられるかあっ」
宮に向かって走って行ったとき、豊浦寺と飯岡の間に、雷がびっしゃんと鳴り落ちた。

見るや栖軽は神司《かみつかさ》を呼び、雷を竹の輿《こし》に入れて、帝の宮に運んだ。「鳴る神さまをお連れいたしました」と栖軽が言った。雷はぎらぎらと光を放って照りかがやいた。帝は怖《おそ》ろしくなって、たくさんの捧げ物とともに落ちたところに返させた。

そこを今も雷の岡と呼ぶ。昔、都だった小治田《おはりだ》の宮の北にあるという。

やがて、栖軽が死んだ。帝は〈天子のことば〉を発して、七日七夜の間その遺体をとどめさせ、歌をうたわせ、栖軽の忠信を偲《しの》ばせた。雷の落ちたところに墓を作らせ、永く残る碑の柱を立てさせた。碑に書かせたことばは「雷を捉えた栖軽の墓」というのである。

雷はこれを恨んだ。恨んで、びっしゃんと鳴り落ちた。碑の上で飛び跳ねて踏みつけた。柱が裂け、その裂け目に挟まって、雷は捉えられた。帝はそれを聞いて、雷を放させた。雷は死にはしなかったが、呆《ほう》けてしまって、七日七夜の間、そこから動けずにいたのである。

帝は〈天子のことば〉を発し、使いを遣《や》って、また碑の柱を立てさせた。碑に書かせたことばは「生きても死んでも、雷を捉えた栖軽の墓」と言った。

雷の岡と名づけられた話のもとがこれである。

（上巻第一）

狐女房の縁

むかし、欽明天皇《きんめいてんのう》（これは磯城島《しきしま》の金刺《かなさし》の宮で国を治めた天国押開広庭命《あめくにおしはらきひろにわのみこと》のこと）のみ代。

美濃《みの》の国大野の郡《こおり》の男が、いい女を見つけて妻にしようと思って、道をずんずん歩いて行った。すると、荒れ野のまん中で、きれいな女に出会ったのである。女が男の気を引くようなそぶりをして男を見た。男もその気になって女を見た。

「どこに行くんだい、きれいな娘さんは」と男は言った。

「いい男をさがして歩いているの」と女は答えた。

「おれの妻にならないかい」と男が言った。

「そうしてあげてもいいわ」と女は答えた。

そして家に連れて帰って、セックスして、いっしょに住んだ。女は孕《はら》んで、男の子を生んだ。十二月十五日に、その家で飼っている犬もまた仔を生んだ。ところがその犬の仔が、この妻を見るたびに追いかけて、歯をむき出して吠《ほ》えかかる。妻はおびえて夫に言った。

「あの犬を殺して」

妻がどんなに言っても、夫は犬を殺さなかった。

二月か三月の頃である。年貢米を総出で搗《つ》いた。稲搗《いなつ》き女たちに食事を出すので、妻は踏み臼小屋に入って行った。そのときあの犬の仔が吠えながら追いかけてきて、噛《か》みつこうとした。妻はおびえて逃げまどい、姿が獣に変わり、籠の上によじ登り、そこで動けなくなったのである。それを見て、夫が言った。

「おれたちは子をなした仲だよ。おれはおまえを忘れない。いつでも共寝しに来い」

妻だった獣は、そのことばどおりにやって来て、夫と寝た。それでその獣のことを「来《き》ツ寝《ね》」と呼ぶようになったのである。

妻は紅の裾染め、今でいうなら桃の花色の、あでやかな裳《も》を身にまとい、しっとりと美しく、裳裾を引いて帰っていった。それを思い出すたびに、夫は妻が恋しくてたまらない。それで、こんな歌を詠んだ。

恋という恋が
みんな
おれの上に落ちてきた
はるか遠くにちらりと見えて
すっと消えた
女よ、女よ

男は、生ませた子を「きつね」と名付けた。子はやがて姓《かばね》を「狐直《きつねのあたい》」と名乗った。力が強く、速く走り、飛ぶ鳥のようだと言われた。美濃の国に狐直という姓がある。その元になった話が、これである。

（上巻第二）

漁夫の悪報の縁

奈良の元興寺《がんごうじ》は、もともと飛鳥《あすか》にあった。その頃の話である。元興寺の僧慈応《じおう》が、播磨《はりま》の国飾磨《しかま》の郡《こおり》の濃於寺《のおでら》で、夏安居《げあんご》の修行に招かれて、法華経《ほけきょう》の講義をしていたのである。寺の近くには一人の漁夫が住んでいた。生まれてこの方、網を使って魚を獲って生きてきた男だった。

その男が突然外に飛び出して、家の前の桑畑の中を叫びながら転げまわった。

「熱い、熱い、炎が迫ってくる」

家族が助けに行くと、男は大声で叫んだ。

「そばへ来るな、燃える、燃える、おれは燃える」

男の親が濃於寺に駆け込んで、助けを求めた。それで、慈応が呪を唱えた。男の命は助かったが、男の袴《はかま》はすっかり燃えた。男は怖《おそ》れおののいた。濃於寺に詣でて、大勢の修行者の前で罪を悔い、心を改め、着物を寄付し、僧たちに経を誦《よ》んでもらって、これでよし、と。その後は二度と殺生をしなかった。

『顔氏家訓《がんしかくん》』に書いてある。

「昔、江陵の劉《りゅう》という人は、鰻汁《うなぎじる》を作って売っていた。やがて子どもが生まれたが、子どもの頭は鰻そのもので、首から下だけが人だった」と書いてあるのは、このことを言っている。


（上巻第十二）

野ざらしの髑髏《どくろ》の縁

学問で名高い道登《どうとう》は、もともと高麗《こま》の人、奈良の元興寺《がんごうじ》の僧である。山城の恵《え》満《ま》の家から出た。

かなり昔、大化二年（六四六）のことである。道登は、宇治の橋を架けるために、奈良と宇治の間を何度も行き来した。そのとき、奈良山の谷間で一つの髑髏《どくろ》を見た。それが人や牛馬に踏まれるのを見た。道登はあわれんで、従者の万侶《まろ》に言いつけて、それを木の上に置かせた。

十二月晦日《つごもり》、霊祭《たままつ》りの日に、男が一人寺の門に来て、こんなことを言った。

「道登さまの従者の万侶さまにお会いしたいのですが」

万侶が出ていくと、男は言った。

「道登さまのお慈悲をいただきまして、この頃は心が安らかでございます。今夜でないとご恩返しができませんので」

男は、万侶を自分の家に連れていった。閉まっている家の戸を男はすっと通り抜けて、男は中に入った。そこには霊祭りのものがたくさん供えてあった。男は自分の分の供え物を取ると、万侶に飲み物をすすめた。食べ物もすすめた。自分もいっしょに飲んで食った。

夜明け前、外に人の声がした。

「私を殺した兄が来たようですよ、さ、早く出ていきましょう」と男が言った。

わけがわからずに万侶が聞くと、男は語った。

「昔、私は兄と連れ立って商いに出たんです。私が銀を四十斤《こん》ばかりもうけたら、兄はうらやみ、憎むようになって、とうとう、私を殺して、銀を取りました。それから何年も経ちました。往《ゆ》き来する人も、牛馬も、みな私の頭を踏んでゆきました。でも道登さまがお慈悲をかけてくださいました。苦を取り除いてくださいました。あなたへのご恩も忘れません。それで今宵、こうしてご恩返しをしているんですよ」

そのとき、男の母と兄が死者の霊を拝むために入ってきた。万侶を見て、肝をつぶし、そこにいるわけを問いただした。それで、万侶は一切を語ったのである。

母は、兄息子をののしって言った。

「ああ、あたしのいとしい子はおまえに殺されたんだね。賊に殺されたんじゃなかったんだね」

そして万侶に向かって手を合わせ、飲み物をすすめた。食べ物もすすめた。万侶は寺に帰って、師の道登に一切を語ったのである。

死霊や白骨もこのように恩を忘れない。生きている人間だって、忘れてはいけない。

（上巻第十二）

風のように生きる縁

大和の国宇陀《うだ》の郡《こおり》、漆部《ぬりべ》の里に、風のように生きる女がいた。同じ里の漆部の造《みやつこ》麿《まろ》の妾《めかけ》であった。すがすがしく、きよらかに、女は生きた。ものの道理をよくわかり、すなおであること、正しくあることを心がけて、女は生きた。七人の子を生んで、極貧であった。食う物にも事欠き、頼るところもなかった。着る物がないから、藤の蔓《つる》で衣を織る。毎日川で水を浴びる。身を浄《きよ》め、そまつな藤の衣を身につける。野に出れば菜を摘む。家におれば家を浄める。野で摘んだ菜を調えて器に盛り、子どもたちを呼んで、きちんと座らせ、感謝していただきましょうと笑顔で教えるのである。

それがこの女の日々の生き方だった。その気高さはまるで天上の客、この世のものとは思われなかった。

難波《なにわ》の宮に孝徳《こうとく》帝のいた白雉《はくち》五年（六五四）、風のように生きる女は、神仙に迎えられ、春の野に菜を摘んでいたとき、仙草を食べて、天の向こうに飛んでいった。

なるほど、これでわかる。仏法をおさめなくても、風のように生きておれば、仙薬が感応して、神仙になれるのだ。

精進女問経《しょうじんにょもんきょう》に書いてある。

「俗家に住んでいても、心をうつくしくして、庭を掃けば、五つの功徳《くどく》を得る」

と書いてあるのはこのことだ。

（上巻第十三）

般若心経のふしぎの縁

僧の義覚《ぎかく》は、百済《くだら》の国の人である。百済の国が滅びたのは、後岡本《のちのおかもと》の宮に天下を治めていた斉明《さいめい》帝のみ代だった。義覚は日本にやって来て、難波《なにわ》の百済寺に住んだ。

義覚は身長が七尺もあった。仏の教えについて、よく勉強して何でも知ってい

た。般若心経《はんにゃしんぎょう》を心に覚え、声に出して、唱えた。

同じ寺に、慧義《えぎ》という僧がいた。ある夜半、慧義は一人で外を歩いていた。ふ

と義覚の部屋を見ると、中で光が照りかがやいている。慧義はあやしんで、こっ

そりと窓の紙に穴を開けてのぞいてみた。中では義覚が正座して、般若心経を唱

えている。光は、その口から出ていたのである。慧義はぞうっとした。

明くる日、慧義は仏前で罪を懺悔《さんげ》すると、昨夜見たことを寺の僧たちに話した。

すると、義覚が僧たちにこんなことを語った。

「昨夜、私は、般若心経を一晩で百遍ほど唱えた。それから目を開けて室内を見

ると、四方の壁が透き通り、庭のようすがはっきりと見えた。こんな希有《けう》なこと

があるかと思って、私は居室から出て、寺の内を歩いてまわった。そして居室に

戻ると、透き通った壁も戸も、みんな閉じていた。そこでまた外に出て、般若心

経を唱えた。するとやっぱり、前のように壁が透き通るのだ」と。

般若心経のふしぎである。
誉《ほ》めたたえて詩にしてみた。
とうといぞ、この僧は。
よく学び、よく教え、
身は室内で
経を唱える。
心は自在に
行き来する。
姿は静かに
微動もせず、
壁を透《とお》して
光りかがやく。

（上巻第十四）

皮剝ぎの縁

大和の国に一人の男がいた。生まれた場所も名前もわからない。生まれつき仁《なさけ》の心に欠けていた。生き物の命を取ることだけが楽しみだった。

あるとき、男はうさぎをつかまえて、皮を剝いで、野に放った。それからまもなく、男の体にできものができた。できものは全身にひろがり、爛《ただ》れて腐り、崩れていった。その苦しみ方は、ほかの何にも比べようがなかった。のたうちまわりながら、男は死んだ。

ああ。この身にも、報いがそこまで迫っている。

己れの身を振り返れ。仁を持て。

無慈悲はだめだ。

（上巻第十六）

悪女が悪死をした縁

　奈良が都になる前の古い都に、悪い女がいた。姓も名もわからない。孝の心がなく、母を大切にしない女であった。ある斎日に母は飯を炊かなかった。斎食《さいじき》をしたくても飯がなかったから、娘のところに行って飯を乞うた。

「今日は主人と私も斎食するから、おかあさんにあげる余りはないのよ」と娘が言った。

　母には幼い子がいた。その子を連れてとぼとぼ帰った。道々、下を向いて歩いていたら、飯の包みが捨ててあった。拾って食べて、飢えを凌《しの》いだ。疲れて眠った。すると、夜半過ぎに人が来て、戸を叩《たた》いて言った。

「あんたの娘が大声で叫んで、胸に釘《くぎ》がささった、死にそうだと言ってるのだ。早く行ってやるがいいよ」

疲れた母は目を覚まさなかった。娘のところに行ってやれなかった。娘は死んだ。母は娘に会えなかった。娘は親に孝をつくさずに死んだ。こんなことなら、自分の飯を譲ればよかった。母に食べさせてから死ねばよかった。

（上巻第二十四）

智者、地獄行きの縁

僧の智光《ちこう》は、河内《かわち》の国の生まれで、河内の国安宿《あすかべ》の郡《こおり》、鋤田寺《すきたでら》の僧である。俗姓は鋤田連《すきたのむらじ》、後に上村主《かみのすぐり》と改めた。母は飛鳥部造《あすかべのみやつこ》の出である。子どもの頃から聡明で、智恵《ちえ》にかけてはならぶ者がないと言われた。盂蘭盆経《うらぼんきょう》、大般若経《だいはんにゃきょう》、般若心経《はんにゃしんぎょう》などの注釈書を作り、また多くの学僧を教えた。

そして行基《ぎょうぎ》、俗姓は越史《こしのふびと》、越後《えちご》の国頸城《くびき》の郡の生まれ。母は和泉《いずみ》の国大鳥の郡の生まれで、蜂田薬師《はちだのくすし》の出である。世を捨て、欲を離れ、仏法をひろめて、迷う人々を正しい道にみちびいた。聡《さと》く、賢く、するどく、本質を見抜く力を持っていた。実は菩薩《ぼさつ》だったが、それは隠していたので、ただの修行者に見えた。聖武《しょうむ》帝には見抜かれて、重く用いられた。世の人に慕われて、菩薩と称《たた》えられた。

天平十六年（七四四）冬十一月、行基は大僧正に任ぜられた。これを妬んでののしったのが智光である。

「賢いと言えば、まず私だろうが。行基なんて一介の僧にすぎない。なぜ帝《みかど》は、私の智を認めてくださらないか。あんな者ばかりありがたがって重用されるのか」

智光は恨んで、鋤田寺に籠った。そしてまもなく糞《くそ》ひる病にかかり、一月ばかり病んで死んだ。死ぬ前に、智光は弟子に言った。

「私が死んだら、死体を焼いてはいけない。九日間はそのまま置いておくのだ。学僧がたずねてきたら、用であちこち出かけているとでも言いなさい。そうやって体はそのままにして、経を誦《よ》んで祈りなさい。ぜったい他に知らせてはいけない」

弟子は言われたとおり、師の部屋の戸を閉じて、周りに知らせなかった。ひそかに泣いて、昼も夜も遺体を護《まも》り、師と約束した日を待った。学僧が訪ねてくれば、遺言のとおりに答えた。死体はそのままにして、経を誦んで師の後生を祈った。

閻羅王《えんらおう》の使いが二人やって来て、智光を連れて西に向って歩いて行った。道の先には、金の楼閣《たかどの》が建っていた。

「これは何の宮か」と智光が聞くと、使いは答えて言った。

「日本の国で名の聞こえた学者先生のくせにご存じないとは。このくらい知っておきな。行基菩薩がお生まれになる宮だよ」

門の左右には、二人の神人《じんにん》が立っていた。身に鎧《よろい》をつけ、額に緋色《ひいろ》のかずらを巻いていた。使いはうやうやしく跪《ひざまず》いて「連れてまいりました」と言った。

「日本の国にいた智光法師とかいう者はこれか」と神人が言った。

「そうであります」と智光が答えた。

神人は北を指して言った。

「この道を通って連れて行け」

それで智光は、使いについて歩いて行った。火もなく、日の光もないのに、熱い空気が身に当たって顔を炙《あぶ》る。熱くて堪えがたいのに、心では近づきたいと、智光は思うのである。

「なぜこんなに熱いか」と智光が聞くと、

「先生を煎るための地獄の熱気だよ」と使いは答えた。

さらに行くと、熱い鉄の柱が立っていた。

「柱を抱きな」と使いは言った。智光は近づいて柱を抱いた。肉はみな溶けて爛《ただ》れ、骨格だけが残った。

三日経った。使いが来て、ちびた箒《ほうき》でその柱を撫でて、「生きろ、生きろ」と言った。すると、智光の体は元のように生き返った。そしてまた、北を指して連れられて行った。

今度は、前よりも熱い銅の柱が立っている。とても熱いのに、近づいて抱きつきたいと智光は心で願っているのである。前生の悪い業《ごう》に引かれて、そう願ってしまうのである。

使いが「柱を抱きな」と言った。智光が近づいて抱くと、たちまちその身は焼け爛れて溶けた。

　三日経った。また使いが来た。そして前のように柱を撫でて「生きろ、生きろ」と言うと、智光はまた、元のように生き返った。そしてまた、北を指して歩いて行った。おそろしく熱い火の気が、雲のように垂れ込める。空を飛ぶ鳥が熱気に当たって、落ちてたちまち焼け焦げる。

「ここはどこか」と智光が聞くと、

「先生を煎るための阿鼻《あび》地獄だよ」と使いは答えた。

　地獄に着くと、智光は捉えられ、焼かれて、煎られて、炙られた。鐘を打つ音が聞こえるときだけは、熱気が冷める。そのときだけは、憩うことができるのである。

　三日経った。また使いが来た。地獄のほとりを叩《たた》いて、「生きろ、生きろ」と言うと、智光はまた元のように生き返った。さらに歩いて、元のところに帰り着いた。金の宮の門の前に来ると、使いは言った。

「連れて帰りました」

　門の前の神人は、智光に言った。

「あなたを呼んだのは、日本の国にいたとき、行基菩薩をそしったからです。その罪を消すためにここに呼びました。行基さまは、日本の国の人々をみちびきおわったら、この宮にお生まれになる。そろそろおいでになる予定だから、ここでお待ちしているのです。さあ、あなたは帰りなさい。黄泉《よみ》の火で煮炊きしたものは食べないように」

それで智光は、使いとともに東に向かって歩いて行ったのである。

気がつけば、九日が経っていた。蘇《よみがえ》った智光は弟子を呼んだ。師の声を聞いて、弟子は飛んできて、泣いて喜んだ。智光は嘆いて、弟子に、地獄のようすをくわしく語った。智光は怖《おそ》ろしかった。でも心から思った。行基に向かって、妬んだこと、ののしりをしたことを、語りたいと思ったのである。

その頃、行基は難波《なにわ》にいた。橋を渡し、海を掘り、船着き場を作っていた。智光は体の回復を待って、かれに会いに行った。かれは智光を見るや、その心の中を読み取り、人懐こい笑みを浮かべて言った。

「やっと会えましたね」

智光は、かれに、自分の罪をあらいざらい話して悔いた。ゆるしを乞うた。

「私は、あなたを妬みました。そしりました。自分は徳のある大僧で、生まれつきの智者なのに、あなたは一介の修行僧にすぎず、知識は浅く、ちゃんとした具足戒も受けていないと言いました。なぜ帝はあなたばかりを認められ、私をお見捨てになるかとも言いました。口のもたらしたこの罪で、閻羅王に呼ばれて、熱い鉄や銅の柱を抱かされました。九日かけて、罪を償いました。でも、まだ罪は滅ぼしきれていないのです。後生の世につながると思うと怖ろしくてたまりません。何もかも悔いて、ここにさらけ出します。どうか罪をまぬかれることができますように」

かれは、にこにこしたまま何も言わなかった。智光はつづけた。

「あなたのお生まれになるところを見ました、黄金で作られた宮でした」

「ああ、喜ばしい、ありがたい」とかれは言った。

これでわかった。口は身をそこなう災いの門である。舌は、善を切るするどいまさかりである。

不思議光菩薩経《ふしぎこうぼさつきょう》にこう書いてある。

「饒財菩薩《にょうざい》は、賢天菩薩の過ちを言い立てたので、九十一劫《ごう》、つねに淫乱女の腹に生まれ、生まれたらすぐに棄《す》てられて狐《きつね》や狼《おおかみ》に食われる」と書いてあるのは、このことだ。

こののち智光は行基を菩薩と信じて、聖《ひじり》であることを疑わずに生きた。

やがて、時が来た。縁も尽きた。

天平二十一年（七四九）春二月二日の夕六時、行基は、僧の姿を生駒《いこま》山に捨て、慈しみにあふれたその霊魂は、あの黄金の宮にうつっていった。

智光は、法《のり》をひろめ、教えを伝え、迷う人々を正しい道にみちびいた。そして光仁《こうにん》帝のみ代、智にあふれたその霊魂も、日本の地を抜けて、知らざる境界を、ひらりと越えた。


（中巻第七）

蟹の恩返しの縁

置染臣鯛女《おきそめのおみたいめ》は、奈良の都、富の尼寺の長、法邇尼《ほうにに》の娘である。仏の道をもとめる心は、ひたすらでそして一途であった。男とセックスしたことは一度もなかった。毎日、心をこめて菜を摘んだ。それを一日も欠かさずに、行基《ぎょうぎ》大徳に供えた。ある日、鯛女が山に入って菜を摘んでいたとき、大きい蛇が大きい蛙《かえる》を呑《の》もうとするところを見たのである。鯛女は蛇を口説いて止めさせようとした。

「私に免じて、蛙をどうか放してやって」

蛇は止めずに蛙を呑みつづけた。それで鯛女はさらに口説いた。

「私を妻にしてもいい。だからどうか、わたしに免じて蛙を放して」

すると蛇は頭を持ち上げ、鯛女の顔をじっと見つめ、それから蛙を吐き出した。

「七日経ったら、来てください」と鯛女が言った。

約束した日になった。鯛女は家の戸を閉じ、穴を塞ぎ、身をこわばらせて中にいた。蛇は、言い交わしたとおりにやって来たが、中に入れなかった。焦《じ》れて尾を振り、壁を叩《たた》いた。鯛女は、ただただ怖《おそ》ろしかった。

明くる日、鯛女は行基の住む生駒《いこま》寺に行って、これを打ち明けた。行基は言った。

「おまえはゆるされないよ。ただ、戒を授けてやろう。受けて、しっかり守ってごらん。あるいは助かるかもしれない」

そして鯛女に三帰五戒を授けてくれた。鯛女は三帰を誓った。

「仏を信じます。仏の教えを信じます。教えを守る僧を信じます」

それから五戒を誓った。

「殺しません。盗みません。邪《よこし》まなセックスはしません。嘘《うそ》をつきません。酒を飲みません」

その帰り道、鯛女は、大きな蟹《かに》を提げた見慣れぬ老人に行き合った。

「どちらのご老人か知りませんが、どうか私に免じて、蟹を放してやってください」と鯛女が言うと、老人は言った。

「おれは摂津の国兎原《うはら》の郡《こおり》の画問《えどい》の邇麻呂《にまろ》という者だ。年は七十八で、養ってくれる子もいない。生きていくすべがない。今日は難波《なにわ》に行ったら、運よく蟹をつかまえた。でも人に売るのだ。あんたにはやれないのだよ」

鯛女は上衣を脱いで、それを渡して買い取ろうとしたが、老人は承知しなかった。

それで、鯛女は裳《も》を脱いで、それも渡した。老人は承知した。

鯛女は蟹を持って行基の許《もと》に戻り、放生《ほうじょう》の陀羅尼《だらに》を唱えてもらって、蟹を放した。

「善いことをした」と行基が誉《ほ》めた。

八日めの夜に、また蛇が来た。蛇は屋根に登り、葺《ふ》いてある草を引き抜いて中に入ってきた。鯛女がおびえて震えていると、床の上で、ばたばたと重たいものがはためいた。ばたばた、ばたばた、それははためいていたが、やがて静かになった。何も起こらなかった。夜が明けた。見ると、大きい蟹がいた。そしてあの蛇が、ずたずたに切り刻まれていた。

それでわかった。助かったのは、放してやった蟹が恩返しをしたからである。その上、鯛女自身が戒を受け、戒を守ったからである。真偽が知りたくて、景戒《わたくし》は名前を頼りに老人を探してみたが、ついぞわからずじまいである。それでさらにわかったのは、この老人が実在ではなく、どこかの菩薩《ぼさつ》さまの変化《へんげ》した存在だったのだろうということ。ああ、ふしぎでたまらない。

（中巻第八）

天女の像に恋した縁

和泉《いずみ》の国泉の郡《こおり》、血渟《ちぬ》の山寺に、吉祥天女《きちじょうてんにょ》の塑像があった。聖武《しょうむ》帝のみ代のことだ。修行者が一人、信濃の国からやって来て、この山寺に住み着いた。修行者は、なんといい女かと思いながら、天女の像を見た。やがて天女のことが心から離れなくなった。欲しくてたまらなくなった。欲望にとらわれて、六度の勤行のたびに、修行者は願ったのである。

「どうか私に女をお与えください。この天女さまのように美しい女をお与えください」

ある夜、修行者は天女の像とセックスする夢を見た。夜が明けて、よくよく像を見てみると、像の腰の裳《も》に、精液が染みついていたのである。

修行者は恥じ入ってつぶやいた。

「おれは似た女をお願いしただけなのに、おそれおおくもかしこくも、天女さまご自身でおれと交わってくださった」

恥じ入って、人には黙っていた。ところが、それを弟子がひそかに聞いた。聞いた弟子は、師に無礼を働いて、叱られて寺から追い出された。追い出されて里に下り、そこで師の悪口を言い散らした。ついでに例の件も暴き立てた。ことの真偽を知ろうと、里人たちが寺にやって来た。そしてよくよく天女の像を見た。

天女の像は、たしかに精液で染み穢《けが》れていたのである。

修行者はありのままを里人たちに語ったのである。

これでわかる。深く信じれば、信心が神仏に通じないことはない。実にふしぎだ。

涅槃経《ねはんぎょう》にも書いてある。

「多淫の人は絵に描いた女にも欲情する」と書いてあるのは、たしかにこのことだ。

（中巻第十三）

強力女の縁

尾張《おわり》の宿禰《すくね》久玖利《くくり》は、尾張の国中島の郡《こおり》の郡司の長《おさ》で、聖武《しょうむ》天皇が国を治めていた頃の人だ。久玖利の妻は、尾張の国の愛知の郡、片輪《かたわ》の里の生まれ、その昔、元興寺《がんごうじ》にいた大力の道場法師の孫であった。夫によく従い、にこやかで、優しくて、照り照りのふわふわな絹綿みたいな妻だった。

あるとき、妻は、麻の細糸で布を織って、久玖利に着せた。他で見たことがないほどの美しい布だった。国司の稚桜部任《わかざくらべのあたる》はその衣に目をつけて、おまえにはもったいないなどと言って取り上げて返さなかった。

「衣はどうなさったの」と妻は聞いた。

「国司に取られちゃったんですよ」と夫は答えた。

「取られて惜しいと思ってらっしゃる」と妻はまた聞いた。

「ああ、すごく惜しいと思っていますよ」と夫は答えた。

それで妻は役所に出かけていき、国司の前に出て言ったのだ。

「衣をお返しくださいませ」

「どこの女だ、つまみ出せ」と国司は言った。

引きずり出されようとしたが、妻はびくとも動かなかった。平然として、国司の座っている床《とこ》の端を指二本でつまむや、国司もろとも役所の門の外まで押し出して、ついでに国司の衣の裾をずたずたに引きちぎってから、また言った。

「衣をお返しくださいませ」

国司はすっかり怖《おそ》ろしくなって、衣を返した。妻は受け取って家に帰って、洗い清めて畳んだのだが、衣を干した竹ざおを、練糸を扱うみたいに、ぽきぽき折って畳んだのだ。

久玖利の両親はこれを見て怖ろしくなって、息子に言った。

「この女のためにおまえまで国司さまに恨まれて、とんでもないことになりゃしないか。国司さまをこんな目に遭わせてしまって、おとがめがあるんじゃないか。私たちはどうなるの、暮らしていけなくなりますよ」

それで、とうとう妻は実家に送り返されてしまった。


実家に帰されてからのことだ。草津川の河原で、この女が衣を洗っていた。そこへ大きい船が荷をいっぱいに積んで通りかかって、船の長が、汚いことばで女をひやかした。

「お黙り」と女は言った。「そんなことを言ってると頬《ほ》っぺたをはたきますよ」

言われて船の長は怒り出し、船を停め、岸に上がって、女を叩《たた》いた。女は痛がりもせず、船をつかんで、前半分をずるりと岸に引きずり上げた。後ろ半分は水に浸かってしまった。船の長はあわてて辺りの人たちをやとって、荷を積み直した。

「失礼なことをするからですよ。私みたいな賤《いや》しい女を、寄ってたかっていじめて何がおもしろいんですかね」と女は言った。そして船の荷を載せたまま、一町ほど引きずり上げてしまった。船の長は怖ろしがって「おれが悪かった、言うことはなんでも聞きます」と平伏した。それで女はゆるしてやったが、引きずり上げられた船は五百人がかりでも動かなかった。女の力は五百人力以上だったということだ。

何かのお経に「餅を作って仏と仏法と仏僧を供養する人は、金剛那羅延《こんごうならえん》さまの金剛力を得る」と書いてあった。これでわかった。この女は、前世で、あさからばんまでたべてもまだのこるくらいのおおきい餅を作って仏と仏法と仏僧とを供養した。それでこんなに強いのだ。

（中巻第二十七）

子捨ての縁

行基大徳《ぎょうぎだいとく》はえらかった。

難波《なにわ》の海を掘り開き、港を造った。人々に仏の法をおしえて、仏の道をすすませた。出家も、俗人も、貴い者も、賤《いや》しい者も、その説法を聞くためにあつまってきた。

河内《かわち》の国若江の郡《こおり》、川派《かわまた》の里に、ひとりの女がいた。説法を聞きたくて、子連れでやって来た。連れた子が泣きわめくので、女には説法が聞こえなかった。十歳いくつになるが、歩けなかった。泣きわめくばかり、乳を飲むばかり、ひっきりなしに物を食うばかりだった。

行基大徳が言った。

「ちょっと、そこのかあさんや。その子を淵《ふち》に捨てておいで」

人々はこれを聞いてささやいた。

「あの行基大徳が、どんな因縁で、あんなことをおっしゃるか」

女は子がかわいかった。だから捨てられなかった。抱いたまま、説法を聞いた。

明くる日もまたやって来て、子を抱いて説法を聞いた。子はさらにやかましく泣きわめいた。あんまりやかましいので、周りの人にも説法が聞こえなかった。

そのとき、行基大徳が厳しい声で言った。

「子を淵に捨ててくるのだ」

女は、何を言われたのかわからなかった。でも我慢できなくなった。子を深い淵に投げ捨てた。子は水の上にしばらく浮かんで、足を踏み、手揉《ても》みして、親をにらみつけた。

「ええい、くやしい。あと三年は取り立てて食ってやるつもりだったのに」

女は、何をやったのかわからなかった。それでまた、行基大徳の説法を聞きに戻っていった。

大徳が聞いた。

「子は投げ捨てたか」

それで母は起こったことをくわしく話した。大徳は言った。

「おまえは前生で、人の物を借りて返さなかったのだ。それでその人が、今、子の形になって取り立てて食っていた。昔借りた物のぬしだったんだよ」

恥ずかしい話だ。借りた物を返さずに死んでいいわけがない。後の生にきっと報いがある。

出曜経《しゅつようきょう》に書いてあった。

「人に一銭の塩を借りたがために、牛の身に生まれて、荷として塩を負い、こき使われて、力で償いをしている」と書いてあったのはこのことだ。


（中巻第三十）

蛇の愛欲の縁

河内《かわち》の国更荒《さらら》の郡《こおり》、馬甘《うまかい》の里に富む家があった。その家に娘がいた。大炊《おおい》天皇

（淳仁帝《じゅんにん》）のみ代、天平宝字《てんぴょうほうじ》三年（七五九）夏四月。娘は桑の木に登って葉を摘んでいた。その木に大きな蛇が巻きついて登った。道を行く人がそれを見て娘に知らせた。娘は蛇を見て、驚いて、木から落ちた。蛇も落ちた。蛇は娘にからみついて、セックスした。娘は気を失って倒れた。

父母が薬師《くすし》を呼びに遣《や》った。娘は蛇と同じ板に載せられ、家に運ばれ、庭に置かれた。

薬師は、キビの藁《わら》を三束（三尺で一束）焼き、湯を加えて三斗の汁を作り、二斗に煮つめた。猪《いのしし》の毛を十把こまかく刻み、その中に混ぜ入れた。娘のからだを折り曲げて、頭を足にあてがった。杭を打って、娘を架けて吊《つ》った。

娘のヴァギナから、汁を注ぎ入れた。汁を一斗入れたら、蛇が離れた。それは殺して棄《す》てた。

蛇の子は白く凝り固まって蛙《かえる》の子のようである。蛇の子の身に猪の毛が突きさかった。それがヴァギナから五升ばかり出てきた。汁を二斗入れたら、蛇の子が出きった。娘は正気に戻った。親が話しかけると、娘は答えて言った。

「夢を見てたみたい……。今は醒《さ》めてもとどおりになりました」

薬の効能は、このようにすごい。慎重に用いなくてはならない。

三年後、娘はまた蛇にセックスされた。そして死んだ。

そのとき、恋する心が娘の心に深く染みついたのである。

死ぬ間際まで、セックスしあう夫婦の情、なした子への親の情が残って、こう言い遺《のこ》した。

「わたしは死ぬけど、次の生でも必ず会います」

魂は、前の生で行った善行や悪行から離れない。その結果、蛇や馬や牛や犬に、あるいは鳥に生まれ変わることもある。前生で執着が残っておれば、後生で蛇に愛されてセックスされる。あるいは、けがれた畜生に愛されてセックスされる。

愛欲は、手に負えない。

経にこう書いてある。

「昔、釈尊《しやくそん》と阿難《あなん》が墓の傍《そば》を通りかかったとき、夫と妻が、飲食を供え、墓を祀《まつ》って慕い泣くのに出会った。夫として、母として、女として泣いたのである。釈尊は、妻の泣き声を聞いて、声をあげて嘆いた。

阿難が聞いた。『お師匠さま、何をお嘆きになりますか』と。

釈尊は言った。『この女は、前生で一人の男子を生み、深く愛し、執着して、息子のペニスを口に吸った。三年後、病いを得て死んだ。死ぬ間際にも、母は息子を撫で、ペニスを吸って言った、生まれ変わり死に変わりしても、いつも必ずおまえに会いたいと。そして隣の家の女に生まれ変わり、息子の妻になった。今は、前生での夫の骨を祀って慕って泣いている。この因縁を知る私も、こうして泣いている』と」

これは、このことを言っているのだ。

また、経にこうも書いてある。

「昔、人の子がいた。身が軽く、飛ぶ鳥のように速く走った。子の父はこれを見守り、かわいがって育てた。あるとき、子の軽やかに走るのを見て、父はこう言った。『すごいぞ、わが子よ。まるで狐《きつね》のようだよ』と。その子は死んで、狐に生まれ変わった」

よい譬《たと》えを使わなくちゃいけない。悪い譬えを使えば、必ずその報いを得る。

（中巻第四十一）

貧窮の女の縁

海使蓑女《あまのつかいみのめ》は、奈良の左京の九条二坊に住んでいた。子どもは九人。極貧で赤貧で、その貧しさにかけては、どこのだれにも劣らなかったし、日々の暮らしもままならなかった。それで穂積寺に詣でた。暮らしていけますようにと千手観音像に祈ったのだ。

一年経った。何も起こらなかった。

大炊《おおい》天皇（淳仁帝《じゅんにんてい》）のみ代、天平宝字《てんぴょうほうじ》七年（七六三）冬十月十日。妹が思いがけず訪ねてきて、「そのうちに戻るから預かって」と言って皮櫃《かわびつ》を置いていった。妹の足に、馬の糞《ふん》が染みついていた。ところが待てど暮らせど妹は戻ってこない。弟のところに行って聞いてみたが、何も知らないと言われた。なんだかおかしな話だと思って蓑女は、櫃を開けてみた。銭が百貫入っていた。

いつものように花と香と油を買って、千手観音にお詣《まい》りに行ったときだ。茨女は、観音像の衣の下のおみ足に馬の糞がついているのを見た。それで、あの銭は観音菩薩《ぼさつ》さまがくださったのかもしれないと考えた。

三年経った。穂積寺の千手院にしまってあった修理用の金が銭百貫分なくなったという話を聞いた。茨女は、あの銭はその銭だったと知った。間違いなく、観音がくださったものだった。

ほめたたえて詩を作ってみた。

よかったな、海使の老いたおっかさん。
朝《あした》に飢えた子らを見て、
泣いてながした血の涙。
夕《ゆうべ》に香と灯をあげて、
いのりにいのった千手観音。
観音さまがくださった。
いのりに応えてくださった。
おみ足は糞だらけ。

子どもらの笑い顔。

子どもを育てて幸が来た。

貧者の一灯で福を得た。

これは涅槃経《ねはんぎょう》に書いてあった。「母が子を慈しめば清らな天界に生まれ変わる」と書いてあったのはこのことだ。とてもふしぎ。


（中巻第四十二）

野ざらしの舌の縁

奈良の宮で天下を治めていた帝姫阿倍天皇《ていきあべのすめらみこと》（称徳帝《しょうとく》）のみ代、紀伊《き》の国牟婁《むろ》の郡《こおり》、熊野の村に、永興禅師《えいごうぜんじ》という僧がいた。海辺の人々を仏の道にみちびいた。人々に慕われて、菩薩《ぼさつ》と称《たた》えられた。都より南にいたから、南菩薩と呼ばれた。あるとき、僧が一人、永興の許《もと》にやって来た。僧の持っていたのは、細字で書いて一巻に納めた法華経《ほけきょう》、白銅の水瓶《すいびょう》、縄床《じょうしょう》。僧は、いっときも休まず法華経を読《どく》誦《じゅ》した。それがこの僧の行だった。

一年が経った。僧は永興に暇乞《いとまご》いをした。山越えの行をしながら伊勢の国に行くと言う。僧はうやうやしく礼をして、縄床を差し出した。施しにというのである。永興は僧に干飯《ほしいい》の粉を二斗与え、寺の修行者を二人道案内につけて送り出した。僧は修行者たちといっしょに一日の道のりを歩くと、法華経と鉢と干飯の粉をかれらに渡して、帰るように言った。そして自分は、麻縄二十尋《ひろ》と水瓶だけを持って、そのまま歩いていった。

二年経った。熊野の村人が、熊野川の川上の山に入り、木《き》を伐って舟を作っていた。すると、どこかから法華経を誦《よ》む声が聞こえてくる。日を重ね、月を重ねても、経を誦む声は止《や》むことなく聞こえてくる。その声を聞くうちに、舟を作る村人は、生き死にを考え、後生を考えた。自分とはなんとちっぽけなもので、仏の道を思いながら生きるのがいいのだと気がついた。気づかせてくれたありがたいお坊さまに食べ物を差し上げるのだと、村人は声をたどっていったが、見つけることができない。でも元のところに戻ると、経を誦む声は止むことなく聞こえてくる。

半年が過ぎた。村人は、舟を引き出すためにまた山に入った。すると、また経を誦む声が聞こえてくる。止むことなく聞こえてくる。村人はこのふしぎを永興に伝えた。それで永興もその場所に行ってみた。するとたしかに経を誦む声が聞こえてくる。声をたどっていくと、死体があった。麻縄を両足につないで、もう一端を崖に掛け、身を投げた死体であった。傍《そば》に見慣れた水瓶があった。それであの僧の修行の末の姿であると知れた。永興は悼みながら、寺に帰っていった。

三年経った。経を誦む声が止まないと山人が言った。それで、永興はまたその場所に行った。遺骨を拾いおさめるつもりで、髑髏《どくろ》を手に取って見た。三年が経っていたのに、髑髏の中の舌は腐ることなく、鮮《あざ》らかに生き生きとしていた。

法華経の威力と読誦の効力があらわれたのである。ほめたたえて、詩にしてみた。

とうといぞ、この僧は。
血肉の体を受けたが
法華経を誦《ず》して、験《しるし》を得た。

身を投げて骨をさらしたが
髑髏になっても舌は腐らない。
はっきり言おう。
彼は聖である。凡ではない。

こんな話もある。吉野の金峰山《きんぷせん》に一人の僧がいた。峰づたいに、行道という、経を誦みながら歩きまわる修行をしていた。

あるとき、僧の行く手に声が聞こえた。耳を澄ませてみると、法華経と金剛般若経《こんごうはんにゃきょう》を誦む声である。立ち止まって草をかき分けてみると、髑髏があった。野ざらしになっていた髑髏だった。その舌は腐ることなく、鮮らかに生き生きとしていた。僧は髑髏を拾い上げ、きよらかな場所に収めて語りかけた。

「前世からの因縁で、私たちはめぐり逢《あ》ったのだ」

その場所に草で屋根を葺《ふ》き、ともに住んで、経を誦み、日に六度の行道をした。僧が法華経を誦むと、髑髏もいっしょに誦むのである。その舌を見れば、舌はふるふるとふるえ動いているのである。これもまたふしぎなこと。

（下巻第一）

木の観音像に救われた縁

丈部山継《はせつかいべのやまつぐ》は、武蔵の国多磨《たま》の郡《こおり》、小河の里の生まれで、妻は白髪部《しらかべ》氏の出である。

いくさ人になった山継は、毛人《えみし》をうつために賊の地へ遣《や》られた。賊の地を転戦する間、妻は夫を賊の難から逃れさせようと、木で観音像をこしらえて大切に祀《まつ》った。やがて山継は無事に戦地から還《かえ》り、観音像をありがたがって、妻とともに大切に祀るようになった。

何年も経った。

帝姫阿倍天皇《ていきあべのすめらみこと》（称徳《しょうとく》帝）のみ代、天平宝字《てんぴょうほうじ》八年（七六四）十二月、山継は藤原仲麿《ふじわらなかまろ》の乱に連座して、打ち首を待つ十三人の列にいた。十二人めの首が打ち落とされたとき、山継は目の前にまざまざと幻想を見たのだ。

「やいやい、なんでそなたがこの穢《きたな》い土地におるのじゃ」と、大切にお祀りしていた木の観音像が山継をお叱りなさった。そしておみ足をお上げなさると山継のうなじからずっくりと踏みとおして、山継を行縢《むかばき》に、つまり乗馬用の足覆いにしてしまわれた。

気がついたら、首がむごく引っ張られていた。伸べよというのである。今にも打ち落とされようとしたときに、帝《みかど》の勅使が来て言った。

「丈部山継はこの中にいるか」

「ここにおります、ただ今打ち首になるところでございます」と山継は叫んだ。

「殺すな」と勅使は言った。「流罪に減刑である」

山継は信濃の国に流されたが、すぐに呼び返されて官職をあたえられた。多磨の郡の助役に任じられたのである。難に遭ったときの首を引っ張られた痕は、山継の首にまだ残っている。

殺されずに済んだのは、たしかに観音のおかげなのである。善いことをして功徳を積め。信じる心を持て。そうすればたちまち喜びが得られる。災いをまぬかれる。

（下巻第七）

乳やらずの縁

横江臣成刀自女《よこえのおみなりとじめ》は、越前の国加賀の郡《こおり》の生まれ。思慮も分別もなしに男とセックスばかりして、快楽に耽《ふけ》るたちだった。若くて死んだ。死んで、長い月日が経った。

寂林《じゃくりん》法師は、紀伊《き》の国名草《なくさ》の郡、能応《のお》の里の生まれ。故里《ふるさと》を出て、他国を流離し、仏法を修め、仏道を求めて、加賀の郡、畝田《うねだ》の村までやってきた。そこに住み着いて何年も経った。

奈良の宮で天下を治めていた白壁《しらかべ》天皇（光仁《こうにん》帝）のみ代、宝亀《ほうき》元年（七七〇）冬十二月二十三日の夜、寂林は夢に見た。

寂林は、大和の国斑鳩《いかるが》の聖徳太子の宮の前の道を、東に向かって歩いている。道は鏡のように平らである。広さは一町ばかりもある。そして墨縄のようにまっすぐである。

道のほとりには木や草が生えている。その草むらをのぞいてみると、そこにむちむちといい具合に肥《ふと》った女がいるのである。女は裸でうずくまっている。二つの乳房が大きく腫れ上がり、かまどのように垂れ下がっている。乳房から膿汁《うみしる》がしたたっている。

女は跪《ひざまず》いて、手で膝を押し揉《も》むと、病んだ乳房を見て、こう言った。

「乳が痛いんです」

そして苦しがってしきりにうめいた。

寂林は尋ねた。

「あなたはどこの人ですか」

女は答えた。

「あたしは越前の国加賀の郡、大野の里、畝田の村の横江臣成人《よこえのおみなりひと》の母でございます。若いときに、思慮も分別もなくセックスばかりしてました。やたらにセックスがしたくてたまらなくて、幼い子をほったらかして男と寝てました。ずっとずっと、そうでした。ほったらかされて、子どもたちは乳に飢えました。子どもたちの中でも、とくに成人が飢えました。前世で幼い子を乳に飢えさせた罪の報いで、あたしは今こうして、乳の腫れる病を受けています」

寂林は聞いた。

「どうしたらその罪から逃れられるんでしょう」

女は答えた。

「成人が知ったら、あたしの罪をゆるしてくれるはず」

寂林は驚いて夢から覚めた。そして、今見た夢について考えた。里じゅう聞いてまわるうちに、こう言う男に出会った。

「わたしが成人です」

寂林が夢のことを話すと、成人は言った。

「幼いときに母と死に別れたので覚えていないのです。姉なら、そのへんの事情を知っているかもしれない」

その姉に聞いてみると、姉は言った。

「ほんとにお話のとおりでございます。わたしたちの母は器量よしで、男たちにかまわれて、子に乳をやることも惜しんで、セックスばかりしておりました。子どもたちが乳をもらえないこともたびたびありました」

　子どもたちがあつまった。みんな悲しんでいた。

「でも、わたしたちは恨みになんか思ってやしません。そんな母でも、わたしたちには慈しみの母でした。こんな苦の罪を受けなければならない道理はありません」

　それで、子どもたちは仏を作り、写経して、母のために罪を贖《あがな》った。法事がすっかり済んだ後、あの女が寂林の夢にあらわれて言った。

「今は、罪がゆるされました」

　これでわかった。母の二つの乳は甘い。母の恩はとても深い。でも乳を惜しんで与えなければ、それはかえって罪になるのだ。母たちよ、乳を飲ませなさい。

（下巻第十六）

うめく声の縁

僧の信行《しんぎょう》は、紀伊《き》の国那賀《なか》の郡《こおり》、弥気《みけ》の里の生まれである。俗人であったときの姓は大伴連《おおとものむらじ》といった。俗の生活を捨てて、国の許しを得ないまま僧になり、髭《ひげ》を剃《そ》り、髪を剃り、ぼろ布の僧衣を着て、よい報いを求め、善き行いを心がけて生きていた。

その里に、弥気の山室堂という寺がある。弥気の村人たちが作ったので、そう呼ばれたが、ただしくは慈氏禅定堂《じしぜんじょうどう》という。そこに作りかけの塑像が二体ある。弥勒菩薩《みろくぼさつ》の両脇に控えている像だ。腕が折れ落ちたまま、鐘つき堂に置いてある。檀家の人々は、いずれこの像を、山の浄《きよ》らかなところに収めようと話し合っている。

僧の信行はこの鐘つき堂に住み着いている。鐘を打つのが、信行のためには日々の行である。信行は作りかけの塑像が気にかかってしかたがない。それで、落ちた腕を拾って糸でくくりつけてみた。そして始終、その頂を撫でながら、「今にきっと、どこかのえらいお聖人《しょうにん》さまに直してもらいましょうなあ」と塑像に話しかけていたのである。

長い年月が過ぎた。白壁《しらかべ》天皇（光仁《こうにん》帝）のみ代、宝亀《ほうき》二年（七七一）、秋の七月中頃のことである。夜半どこかから、うめく声が聞こえるのである。

「いたい……いたい……」

細く、小さく、女の声のようなうめき声、長く後を引いていくのである。

山越えの旅人が病気にでもなったか、動けなくなって困っているのかと信行は考えた。それで起きあがって僧坊を見てまわったが、病人は見あたらない。妙なこともあると思ったが、人には言わずにいた。

うめく声は、夜どおし聞こえた。信行は辛抱できなくなって、また起きあがって耳を澄ませた。するとその声はこの鐘つき堂の中から聞こえてくる。この鐘つき堂の中の、あの塑像から、聞こえてくるのである。信行は信じられない思いで像を見た。そして、あわれでならなくなった。

ちょうどその頃、奈良の元興寺《がんごうじ》の僧豊慶《ほうきょう》が、この寺に逗留《とうりゅう》していた。信行は、豊慶の居室の戸を叩《たた》いて叫んだ。

「えらい法師さま。起きてくだされ。聞いてくだされ」

そしてその声について、豊慶にくわしく語った。

豊慶は信行の話を信じた。大いに感動し、大いにあわれがった。人々をあつめ、寄付をあつめることに奔走した。そして、ついに塑像を完成させた。法会《ほうえ》を設けた。供養もした。

今、弥気の山室堂に安置してある、弥勒菩薩像の脇侍の二体が、これである。左の菩薩は、大妙声菩薩という。右の菩薩は、法音輪菩薩という。

これでわかった。願って得られないものはない。願って果たされないものもない。それがこんなふうにあらわれたのである。ふしぎでたまらない。

（下巻第十七）

邪淫の縁

丹治比《たじひ》の経師《きようじ》は、河内《かわち》の国丹治比の郡《こおり》の生まれ、姓《うじ》は丹治比。それでこう呼ばれた。丹治比の郡に一つの寺があった。野中堂といった。願を発した人がいて、宝亀《ほうき》二年（七七一）夏六月、丹治比の経師を招いて、法華経《ほけきよう》を写させた。女たちがあつまって、きよらかな水を硯《すずり》の中に注ぎ足す手伝いをした。

午後三時、空が曇って雨が降り出した。

人々は雨を避けて堂に入った。

堂の中は狭かった。

経師と女たちは同じところにいた。

そのとき、経師に欲情がむらむらとわきおこった。

一人の女の後ろにしゃがみこみ、裳《も》をからげて、セックスをはじめた。

ペニスがヴァギナに入ったその瞬間、二人は死んだ。

手をにぎり合ったまま死んだ。

女は口から泡を吹き出して死んだ。

これでわかった。仏法を護《まも》るために、罰が下されたのである。

愛欲の火は心身を焼き焦がす。それはしかたがない。でも、いっときの欲情に流されて穢《きたな》いことをするな。愚かな人間が貪るのは、蛾《が》が火に入るのと何ら変わらない。

律にこう書いてある。

「背骨の柔らかい男は、自分の口でマスターベーションする」と。

涅槃経《ねはんぎよう》にはこう書いてある。

「色・声・香・味・触、その本質は空だという教えを知れば、快楽などあるはずがない。犬がからからに乾いた骨をかじっておる、いつまでも飽きずにかじっておる、あのように空《むな》しいものだ」と書いてあるのは、これをいうのである。


（下巻第十八）

肉団子の縁

肥後《ひご》の国八代《やつしろ》の郡《こおり》、豊服《とよふく》の里の人、豊服広公《ひろぎみ》の妻が孕《はら》んだ。宝亀《ほうき》二年（七七一）冬、十一月十五日の夜明け前に、肉団子を一つ生んだ。卵のようなかたちの肉団子であった。

吉兆のはずはないと夫婦は考え、桶《おけ》に入れて、山の岩穴にそっと置いてきた。七日経って行ってみると、肉団子の殻が開いて、女の赤ん坊が生まれていた。父母は赤ん坊を抱き取り、乳を含ませ、養い育てることにした。この話には、国中こぞって驚いたものだ。

八か月経つと、赤ん坊の体があっという間に大きくなった。頭と首がつながって、あごがなかった。普通の人とは違っていた。身の丈は三尺五寸、聡明な子だった。物知りで、話がうまかった。七歳になる前に、法華経《ほけきょう》と八十巻の華厳経《けごんきょう》を、なめらかに誦《よ》み上げた。

やがて出家をのぞんだ。髪を剃《そ》って、僧衣を着て、善行して、人に仏の道をおしえた。おしえられた人はみな信じた。声が大きくて美しかった。聞いた人はみな感動した。

体が普通の人とは違っていた。ヴァギナがなく、セックスすることができなかった。尿を出す穴だけがあった。俗人どもがあざけって「猿聖《さるひじり》」と呼んだ。

外道め、化け物め、と蔑んで嬲《なぶ》る僧がいた。託磨《たくま》の郡の国分寺の僧と豊前《ぶぜん》の国宇佐《うさ》の郡の大神寺《だいじんじ》の僧である。するとたちまち空から神人《じんにん》が舞い降りてきて、鉾《ほこ》をふりかざして二人に襲いかかった。二人はおびえて泣き叫び、その場で死んだ。

大安寺の僧戒明《かいみよう》が筑紫《つくし》の国府の大国師に任ぜられていたときのことだから、宝亀七年（七七六）か八年（七七七）の頃だ。肥前の国佐賀の郡の郡司の長《おさ》であった佐賀児公《こぎみ》が、夏安居《げあんご》の会を催した。戒明が講師に招かれて、華厳経の講義をした。そのとき、この尼が欠かさずにやって来て人々に交じって聞いた。戒明が見とがめて、叱りつけた。

「どこの尼だ、勝手に入りこんでいるのは」

尼は答えて言った。

「仏は、分けへだてのない大きな慈悲の心をお持ちでした。それで一切衆生のために正しいみ教えをお広めなさいました。わたくしを差別する理由は、どこにありましょうか」

そして偈《げ》について質問をしたが、戒明は、その質問に答えられなかった。高名な学僧たちが、われもわれもと問答をしかけたが、尼は屈しなかった。とうとう人がみな、この尼は聖なる者の化身なのだと知って、「舎利《しゃり》菩薩《ぼさつ》」と呼ぶようになった。出家も俗人も尼をうやまい、尼にみちびかれて、仏の道に入っていったのである。

大むかし、釈尊《しゃくそん》が生きておいでだった頃、祇園精舎《ぎおんしょうじゃ》に寄進した者スダッタ長者の娘が、卵を十個生んだそうだ。それが開いて十人の男が生まれ、みな出家して、みなりっぱに悟りを得たそうだ。釈尊生誕の地カピラヴァストゥの長者の妻は、肉団子を一つ生んで、七日めにそれが開いて百の童子が生まれ、百人一斉に出家して、百人一斉に悟りを得たそうだ。

日本という、ぱちんと指を弾《はじ》けばつぶれてしまうような小さなところにも、こんなに善い例があったのである。これもまた、ふしぎでたまらない。

（下巻第十九）

流行り歌の縁、付・夢の話

めでたいことや災いが起ころうという時には、それがまず、前もって形になってあらわれる。天下の国々を経めぐり歩き、歌になって人々に示される。人々はそれを聞き、さらにうたいひろめて、伝えていく。

奈良の宮で二十五年間天下を治めた偉大なる聖武《しょうむ》天皇が、ある日、大納言の藤《ふじ》原仲麿《わらなかまろ》を御前に呼んで、座らせて、〈天子のことば〉を発した。

「朕の子の阿倍内親王《あべのひめみこ》、そして道祖親王《ふなどのみこ》、

この二人に天下を治めさせる、

どうだ、このことばを受け入れるか」

仲麿が答えて言った。

「それより良い案はうかばぬくらいでございます。おことばを受け入れます」

帝《みかど》は仲麿に、誓いの酒を飲ませ、誓わせて、〈天子のことば〉を発した。

「もし、朕の遺《のこ》す〈天子のことば〉にそむいたら、
天と地に、憎まれて
大きな災いを、被るだろう。

さあ、今、誓え」

仲麿が誓ってこう言った。

「もし、わたしが、後の世に〈天子のことば〉にそむくことがあれば、
天つ神と、国つ神が、憎み、怒るでしょう。

大きな災いを被り、身は傷つけられ、命を滅ぼされるでしょう」

帝は仲麿に、誓わせ、酒を飲ませ、誓いの儀式は済んだ。帝が崩じた後、遺された〈天子のことば〉どおりに、道祖親王が皇太子に立った。

前帝の大后《おおきさき》、帝姫《ていき》阿《あ》倍天皇《べのすめらみこと》（孝謙《こうけん》帝）にとっては母上の皇太后が奈良の宮に

おられた時、天下の人々がこぞってうたったのは、こんな歌である。

　王子が　死んだ
　若くて　死んだ
　宝のような　王子が　死んだ
　玉は　こわれ
　衣は　やぶれ
　命は　いくらで　買えますか
　ひらめは　衰え
　命は　いくらで　買えますか

帝姫阿倍天皇ならびに大后のみ代。天平勝宝《てんぴょうしょうほう》九年（七五七）八月十八日、改元して天平宝字《てんぴょうほうじ》元年となった。その年、皇太子の道祖親王が宮中から追われ、獄につながれて殺された。そして黄文《きふみ》王と塩焼《しおやき》王も一族もろとも殺された。
大炊《おおい》天皇（淳仁《じゅんにん》帝）のみ代。天平宝字八年（七六四）、十月、帝本人が帝位を追われ、賊として淡路の国に流された。そして藤原仲麿が乱を起こし、一族もろとも殺された。先に天下の人々がこぞってうたったのは、この王子たちが滅ぼされる前ぶれだったのである。

同じく大后のおられた代。天下の人々がこぞってうたったのは、こんな歌だ。

法師　いらうな　あなどるな

裳《も》はき野郎と　あなどるな

中にゃ　帯やら　槌《つち》やら

ブラブラさがるぞ

ときどき立つぞ

立ったら　こわいぞ

また、こんな歌もうたった。

わたしの　まっくろ　大金玉ちゃん

股でおやすみ

人になるまで

帝姫阿倍天皇がふたたび帝位について称徳《しょうとく》帝のみ代、天平神護《てんぴょうじんご》元年（七六五）の始めのこと。弓削《ゆげ》氏の僧、道鏡が、女帝とセックスするようになり、政の実権を手に握って、天下を治めた。あの歌は、道鏡が女帝とセックスして天下の政治を意のままにするという前ぶれだったのである。
同じく大后のおられた代。人々はこんな歌もうたった。

木の下を　見れば　どんぴしゃり
坊さんが
食いすぎて　肥えすぎて
おでましじゃ

これではっきりとわかる。道鏡が法皇になり、鴨《かも》氏の僧、韻興《いんごう》が、大臣になり、参議になって、天下の政治を牛耳った。それが、歌の答えだったのである。
奈良の宮に二十五年間天下を治めた聖武天皇のみ代。天下の人々がこぞってうたったのは、こんな歌だ。

朝日さす　豊浦《とゆら》の寺の　西のかた
おしてや
桜井に
おしてや　おしてや
桜井に

白玉　沈む　よい玉　沈む
おしてや　おしてや
それならば　国も　弥栄《いやさか》
わが家も　弥栄
おしてや

時は経って、帝姫阿倍天皇のみ代。神護景雲《じんごけいうん》四年（七七〇）八月四日、白壁天《しらかべ》皇（光仁帝《こうにん》）が即位した。その年の冬、十月一日、筑紫《つくし》の国から、瑞祥《ずいしょう》の亀が献上された。帝は宝亀《ほうき》元年と改元して、天下を治めた。これではっきりとわかる。あの歌は、白壁天皇が天下を治めるという前ぶれであり、その結果としての即位だったのである。

同じく帝姫阿倍天皇のみ代。国中の人々がこぞってうたったのは、こんな歌だ。

大宮を　めざして　向かう　山部の坂は
強く踏むなよ
土の坂だよ

時は経って、白壁天皇のみ代。天応元年（七八一）四月十五日、山部《やまべ》天皇（桓《かん》武帝《む》）が即位した。これではっきりとわかる。あの歌は、山部天皇が天下を治めるという前ぶれであり、その結果としての即位だったのである。

引きつづき、山部天皇のみ代。延暦《えんりやく》三年（七八四）冬十一月八日の夜、夜の八時頃から夜明け前の四時頃まで、天の星がことごとく動いた。空いちめん、星が入り乱れてほうぼうに飛び交った。同じ月の十一日、帝と早良《さわら》皇太子は、奈良の宮から長岡の宮に都を移した。天の星の飛び交ったのは、都の移る前ぶれだったのである。

明くる年の秋、九月十五日の夜、月の面が黒くなった。月の光は一晩中消え失《う》せたままであり、空はまっ暗なままであった。九月二十三日、夜の十時頃、長岡の宮の嶋町で、藤原種継《たねつぐ》が、近衛の舎人《とねり》、雄鹿木積《おじかのこづみ》と波々岐将丸《ははきのもちまろ》に、射られて殺された。「つき」が消えて「つぐ」も消えた。月の光の失せたのは、種継卿《きよう》の死の前ぶれだったのである。

引きつづき、山部天皇のみ代。延暦六年（七八七）秋九月四日の夕刻六時頃。わたくし景戒《きようかい》は、突然、これまで自分がやってきたことを思い出して、恥ずかしくなった。悲しくなった。嘆かわしくてたまらなくなった。もんもんと悶《もだ》えた。
「ああ、はずかしい。あさましい。
この世に生まれて生きてはいるが、生き方がわからない。
因果の理《ことわり》に引きずられて、執着する。
業や煩悩にまつわりつかれて、生き死にをくり返す。
あくせくとかけずりまわって、この身を焦がす。
俗家に住んで、妻も持った、子も出来た。
でも養うものがない。
食うものがない。菜がない。塩がない。衣がない。薪がない。
いつだって何もない。
何をあくせく。
明日をのみ思いわずらう。
昼は飢えて寒い。夜もまた飢えて寒い。
わたくしが前生で施しをしなかったからだ。
いやしすぎるぞ、わが心。

あさましすぎるぞ、わが行い」

悶えながら寝たその夜、真夜中の十二時頃のことだった。わたくしは夢を見た。夢の中で、乞食《こつじき》の僧がわたくしの家にやって来て、経を唱えて、説法して言った。

「上品《じようぼん》の善行をすれば、一丈七尺の長身を得る。下品《げぼん》の善行をすれば、一丈だけ得る」

その声にわたくしがはっとして振り返ってみると、それは、紀伊《き》の国名草《なくさ》の郡《こおり》の楠見《くすみ》の粟村にいた鏡日《きようにち》という修行僧だった。かれの前には、長さ二丈、広さ一尺ばかりの板の札があり、一丈七尺と一丈のところに印がつけてあった。

「これは、上品と下品の善行をした人の身の丈をしるしたのか」とわたくしが聞くと、「そうだ」と乞食の僧は答えた。

言われて、わたくし景戒は恥じ入って、指を弾《はじ》いて言った。

「上品でも下品でも、善行をすれば、このように背が高くなれる。わたしは前生で、下品の善行すらしなかった。だから、今このように五尺余りの短軀《たんく》なのだ。ああ、なさけない」

わたくしは指を弾いて恥じ入った。すると周りにいた人たちが口々に「あたってるじゃないか」とささやいた。

わたくしは白米を炊こうと思っていたのだ。それで、その米を、布施として、半升ばかり差し出した。かれは呪文を唱えて、それを受け取り、その場で書巻を取り出して、わたくしにくれた。

「これを写せよ。人をみちびくのにたいそう役立つ」

それは『諸教要集《しょきょうようしゅう》』、よい本なのは知っていた。でも、わたくしには書き写す紙がなかった。するとかれは書き古しの紙を取り出して、それもくれた。

「ここに写せよ。私はよそに行って乞食をしてから戻ってこよう」と言って、札と書巻を置いて、出ていった。

「いつもは乞食をしない修行僧だったが、今はどうして乞食をしているんだろう」とわたくしが尋ねると、「子だくさんで、養いきれないので、乞食をして養っているんだそうだ」とだれかが答えた。そういう夢だった。

夢の意味はまだわからない。何らかのお告げじゃないかとは思っているのである。一つ一つを読み解くと、こういうことになる。

「修行僧」というのは、観音の化身のことだと思う。なぜかといえば、まだ具足戒を受けていない修行僧と同じように、観音も、仏になることを約束されているのに、人々を救うために、あえて修行者のままでいるからだ。

「乞食をする」というのは、法華経《ほけきよう》の普門品《ふもんぼん》に書いてある、観音が、人々を救うために三十三身に変化《へんげ》する、その変化の一つだ。

「上品の一丈七尺」というのは、浄土で幸せになるということ。一丈は円満の数だから果《か》の数で、七尺は満ちてない数だから因の数ということになる。

「下品の一丈」とは、迷いの世界に生まれるということ。

「恥じ入り、指を弾いて」というのは、もともと仏になる因は持っていたのだが、それに修行を積みかさねて、智恵《ちえ》を深めていけば、はるかな昔からつながっている罪を消し去ることができるということ。

「恥じ入る」とは、髭《ひげ》や髪を剃《そ》って、僧衣を着ること。

「指を弾く」というのは、後悔すること。つまり罪を消し去って、幸せになることと。

「五尺余りの短軀」というのは、こんなふうに解釈できる。

「五尺」とは、迷いの世界に行くことになる因だ。

「余り」とは、仏になれる因がもともとあるわけじゃないが、仏になれる可能性もある。なぜかと言えば、「余り」とは、尺でもなく、丈でもなく、数が定まらないからだ。そこでまた、迷いの世界に堕《お》ちる因にもなっていく。

「白米を乞食の僧に施した」というのは、まず、白米は法華経譬喩品《ひゆぼん》に出てくる大白牛車《だいびやくごしや》のことで、それを得るために、救われたいと願い、仏像を造り、写経して、善い因をいっぱい作っていくということ。

「乞食の僧が呪文を唱えて受け取る」というのは、観音が願いを聞きとどけてくれるということ。

「書巻をくれた」というのは、もともとは仏になる因のない人（この場合はわたくし）でも、後から（本を読んだりして）修行を積んでいけば、仏になる因ができるということ。そしてやがては、何もかもが空であるという智恵にたどり着くことができるということ。

「書き古しの紙をくれた」とは、過去の世には、もともと仏になる因があったのに、煩悩に覆われていて、長い間隠れていた。それが、善行を積むことによってあらわれてくるということ。

「私はよそに行って乞食をしてから戻ってこよう」というのは、こういうことだ。「よそに行って乞食をする」が、観音の慈悲が仏法の及ぶかぎりの世界に及んで、人々を救ってくれるということ。

「戻ってこよう」は、わたくしが願いを完了したら、幸せや智恵を与えてくれるということ。

「いつもは乞食をしない修行僧」というのは、そもそもわたくしが願いを起こさなければ、応ずることもできないということ。

「どうして乞食をしているのか」というのは、今こそ、わたくしの願いに応じて、幸せがもたらされるようになったということ。

「子どもがたくさんいる」というのは、みちびいていかなければならない、大勢の人のこと。

「養いきれない」というのは、もともと仏になる因のまったくない人もいるわけで、そういう人たちをみちびくのは絶望的であるということ。

「乞食をして養う」というのは、人間界や天上界に生まれる因を得るということ。

引きつづき、わたくしの夢の話をします。

延暦七年（七八八）春三月十七日の夜に、わたくし景戒は、夢を見た。

わたくしは死んだ。それで、だれかが薪を積んで、死んだわたくしを焼いていた。わたくしの、つまり景戒の霊魂が、体を焼く人の傍に立って見ていた。ところがなかなかうまく焼けないので、わたくしは木の棒を取って、焼かれている自分の体を突っついてみた。それから金串に串刺しにして、ひっくり返して焼いてみた。そして前から焼いている人に「こうやってよく焼くんですよ」と教えたりもした。焼かれる自分の体を見ていたら、足も、膝の関節も、腕も、頭も、みんな焼けて、ほろほろと離れて落ちた。そのとき、わたくしの霊魂は、傍にいた人の耳に口をつけて、遺言を大声で語った。でも、語る声は空《むな》しく出て消えた。相手には聞こえないので応えてくれない。そこでわたくしの霊魂は考えた、死んだ人の霊魂には声がない、だからわたくしの叫ぶ声も聞こえないんだなと……。そういう夢だった。

この夢が何を意味しているのか、わたくしにはわからなかった。ただ心の中では、長命を得るか、官位を得るか、夢が答えになってあらわれてくるのを待つばかりと思っていたら、果たして、延暦十四年（七九五）冬十二月三十日、わたくしは伝燈住位《でんとうじゅうい》の僧位を得た。

引きつづき、山部天皇のみ代。

延暦十六年（七九七）夏の四月か五月、わたくしの部屋で毎夜のように狐《きつね》が鳴いた。それから、私用に建てた堂の壁を狐がほじくって中に入り、仏座の上に糞《くそ》をし散らして汚した。あるときは、まっ昼間、家に向かって狐が鳴いた。そんなことがあって二百二十日余りが過ぎて、十二月十七日に、わたくしの息子が死んだ。

また延暦十八年（七九九）の十一月か十二月、わたくしの家で狐が鳴いた。また、その頃ときどき蟬《せみ》が鳴いた。すると、明くる年の延暦十九年（八〇〇）正月十二日、わたくしの馬が死んだ。同じ月の二十五日にも、また馬が死んだ。

つまりこういうことだ。

災いの前兆がまずあらわれて、その後に、実際の災いがやってくる。ところがわたくしは、中国の黄帝《こうてい》が伝えた陰陽道をぜんぜん勉強していない。智顗《ちぎ》大師の教えた天台の教えもろくに知らない。災いをまぬかれる手だてがあるのに知ろうとしない。ふりかかる災いを、ただ、たいへんだたいへんだと言いながら、待っているだけだ。滅びることを悲しんでいるだけだ。

修行せずにいられないのである。

怖《おそ》れずにはいられないのである。

（下巻第三十八）

発心集

序

仏の教えてくれたことばがある。心の師になるのはいいが、心を師としてはいけない、と。

このことばが胸に沁《し》みる。

人が一生の間に心に思うこと、そのすべて、悪い業《ごう》のせいでないことがない。頭を剃《そ》って、墨染めの衣を着て、世の塵《ちり》によごれていない人であっても、善い心が身に添わぬは野鹿のよう、悪い心が身に添うのは飼い犬のよう。ましてや因果の理《ことわり》も知らない、金と名誉の大好きな普通の人は、どうなるか。あるがままの五欲につながれ、引きずられて、奈落の底に落ちていく。

心ある人は、みんな、これを怖《おそ》れる。

だから、わたし（長明《ちょうめい》）はこうありたい。

何事につけても、自分の心の弱くて愚かなことを忘れず、仏のみ教えのまま、気持ちをゆるめず、次の生こそ、生々流転する苦しみから逃れて、浄土に生まれ変わりたいと願うのだ。それは、馬飼いが荒馬を乗りこなして、はるか遠くの境に行き着くようなもの。

ただ、この心というのが問題だ。

強弱がある、浅深がある。自分の心を見てもわかる。善にそむくわけでもないが、悪を離れるわけでもない。風に吹かれて草が西に東になびくように、波にうつる月がゆらゆら揺れるように。

ああ、愚かだ。

この愚かな心を救うにはどうしたらいいか。

仏は、わたしたちの心がさまざまなのをご存じだった。それで、さまざまな因縁を使い、譬喩《ひゆ》を使って、導いてくれた。もし、今、わたしが仏に会えたなら、仏は、どんな方法で、わたしに仏の道をすすめてくれるだろう。

わたしには、他人の心を見通すほどの智慧《ちえ》がない。ただ自分の分に応じて、往《ゆ》くべき道を往くだけだ。愚かさを救う方法なんてどこにもない。先生方のお説は正しくとも、わたしにはなんの効き目もない。

　そういう自分の欠点を考えているときに思いついたのは、仏法の深いところをいきなり求めなくていいんじゃないかということ。見聞きしたことを、ただ書きとめていくだけでいいんじゃないかということ。賢い人の話を聞けば、自分はそこまで及ばなくとも、仏の道を往く縁となる。愚かな人の話を聞けば、自らを改める手がかりとなる。

　天竺《いんど》や震旦《ちゃいな》の話は、遠すぎるから書かない。仏や菩薩《ぼさつ》の話も畏れ多いから、やっぱり書かない。この国の中で、身近に聞いた話だけを書いていく。間違いが多くて、真実は少ないかもしれない。裏付けの取れない話は、場所や人の名を書かない。雲をつかみ、風をすくうようなものかもしれない。人の役に立てたらうれしいが、信じてもらいたいわけではないので、典拠をわざわざ調べたりもしない。路傍でふと聴き取った話の中に、わたしの小さな発心《ほっしん》をのぞむばかりだとでも言っておこう。

玄敏僧都、遁世逐電《とんせいちくてん》の事

昔、玄敏《げんぴん》（玄賓）僧都《そうず》という人がおりました。奈良の興福寺《こうふくじ》の、学識のある、偉い僧でありました。でも世を厭《いと》う気持ちが強くて、寺のつきあいを嫌いました。三輪川《みわがわ》のほとりに粗末な庵《いおり》をむすんで、瞑想《めいそう》しながらひっそり暮らしておりました。

桓武《かんむ》帝の時代でありました。帝《みかど》が玄敏の評判を聞いて、むりやり呼びつけたことがありました。玄敏は逃れようもなく、しかたなしに参上しました（伝燈大法師《でんとうだいほうし》の位は、そのとき授けられたわけですが、欲しくてもらったわけではないのでした）。

平城《へいぜい》帝の時代になりましたら、今度は大僧都に任命するから参れという知らせが来ました。そのときは、こんな歌を詠みました。

三輪川のきよき流れにすすぎてし
　衣の袖をまたはけがさじ
　（三輪川の澄んだ流れですすいだ衣を着ております。
　これをまた汚してはなるまいと思うのです）
この歌をお上におさめて、今度はきっぱりと固辞したそうです。
そのうち、弟子にも使用人にも知られずに、ぷいと、行方知れずになってしまいました。捜しまわったのですが、行方はわかりません。わからないまま日が経っていきました。周囲の人々はもちろん、世間の人にとっても、これは悲しむべきことでありました。
だいぶ月日が経ちました。弟子の一人が、越《こし》の国へ用足しに行きました。途中に大きな川がありました。渡し船を待って乗り込んで、さて、その渡し守を何気なく見ましたら、なんともこ汚い法師であります。俗におっつかみという頭、片手でつかみとれるくらいに髪の毛をぼうぼうに生やして、薄汚れた麻の衣を着ております。
異様な男だなと思って見るうちに、なんだか見覚えがあると気づいた。どこで会ったかと考えますと、なんと、わが師匠。いなくなってもう数年になるあの高名な師匠である。人違いかと思ってよくよく見ましたが、人違いのはずもない。懐かしくて、切なくて、涙がぼろぼろこぼれてきましたけれども、そこは人前ですから、じっとこらえて、知らぬふりをしておりました。相手もまた、気づかれたことを悟ったようすで、目を合わせようといたしません。せめて話しかけ、こんなことになった理由を問うてみたかったのですが、人前です、きまりの悪い思いをさせてしまっては申し訳ない、所用を済ませて帰りがけにまたここを通るから、そのときゆっくり、住まいを訪ねて夜っぴて語ろう、昔のように、と思いまして、その場はそのまま立ち去りました。

ところが帰りがけ、その渡し場に来てみると、違う渡し守がおります。あわてて辺りの人に聞きますと、こう言いました。

「ああ、あの法師、何年もここで渡し守をしていましたよ。あんな賤《いや》しい身分なのによく出来た人で、いつも念仏を唱えて、船賃もふっかけたりせず、日々の食いぶちだけ稼いで、欲はなく、里の人にも好かれていたのに、何があったか、ついと姿を消して行方知れずになりました」と。

こんな口惜しい、情けない思いをした経験はない。姿を消したという日を聞いてみれば、行きがけに自分が通った日である、自分に見られたせいで師はここを立ち去られたのであろうと、弟子は歯がみしました。

この話はよその本にも出ていたが、わたし（長明）は人に伝え聞いて書いた。『古今和歌集』にこんな歌がある。

山田もる僧都の身こそあはれなれ
秋はてぬれば問ふ人もなし*

（案山子とかいて「そほづ」とよむ。山の田を守る僧都とでもいうわけか。あんなにあわれな者もいない。秋も果てれば用無しになり、飽き果てられて、訪ねる人なんかだれもいない）

これも玄敏の歌だそうだ。雲や風のようにさすらって生きた人だから、田の守にやとわれることもあったのだと思う。

＊　ところが残念ながら『古今和歌集』にこんな歌はありません。

最近の話になるが、三井寺《みいでら》の道顕《どうけん》僧都という人がいた。玄敏の話を聞いて感動して、そうか、渡し守こそ、罪を作らずに世を渡る道なんだなと考えて、琵琶湖《びわこ》の方に舟を一艘《そう》作らせたが、そのまま計画倒れになって、舟は石山の河岸に朽ちていった。でも、そうしたいと願うこころざしだけでもありがたいと思える話であった。

（巻第一第一話）

同じく玄敏僧都、伊賀の国の郡司に使われた事

伊賀の国の、ある郡司のところに、あるとき、みすぼらしい法師が「やとってください」と突然入ってきました。郡司が見て、「おまえのような者をやとってどうする、使い道がないじゃないか」と言いますと、法師が「わたくしなんぞ、法師といっても、ただの下男と変わりません、できることは何でもいたします」

と言いますので、「それならよし」ということで、やとわれることになりました。まじめによく働くので、郡司は信頼し、大切な馬を預けて世話をさせておりました。そんなふうにして三年ばかり経ちました。

ところが、この郡司がちょっと過ちを犯しまして、国から追放という御沙汰《ごさた》がありました。もう何世代も伊賀に住んでいる者ですから、所領も多く、家来もおぜいおりました。ここを出て他国を流離することをみんなが嘆き悲しみましたが、しかたのないことでありました。

失意のうちに、郡司が出ていこうとしていたときでした。

この法師が近くの者に「殿には、いったいどんな不都合がおありなさるのか」と聞きました。「おまえのような者が聞いたってどうにもなるまい」とろくな答えはありませんでした。

「身分が低いからどうにもならないなんてことがあるか。殿にはお世話になってずいぶん経つ。そんな差別をするもんではない」と言って、なおも聞くので、聞かれた男は、ことの次第をありのままに語りました。

すると法師が「わたしのいうことはお聞きなさるまいが、そんなにいそいで出ていかれることはない。人生、ときには思いがけないことも起きるもんだ。まず京に上って、きちんと申し開きして、それでも聞き届けられなければ、そのときどこへでも出ていかれるといいのだ。わたしの知り合いが国司さまの近くにいるから、行って話してみよう」と思いがけないことを言いました。

聞いた男は、すごいことを言うものだと驚いて郡司に話し、郡司は法師を近くに呼び寄せて、自分で聞きただしました。こんな法師の言うことを頼りにするのも情けないことですけれど、他にあてもありません。郡司は法師を伴って、京へ上ったのでありました。

伊賀の国の国司は、大納言の某《なにがし》でした。大納言の館の近くに行きますと、法師が「人を訪ねようというのに、これじゃあんまり汚い、ちゃんとした衣と袈裟《けさ》が要ります」と言い出しました。調達してきて法師に着せますと、法師は郡司を伴って、大納言の館に行きました。そして郡司を門のところに待たせ、自分は堂々と中に入り、「申しあげたいことがございます」と言いました。その場にいた者どもが、この人を見て、はらはらと跪《ひざまず》きました。法師の主人、伊賀の郡司は、門のところからこれを見て、ひっくり返って驚いておりますと、そこに大納言が大あわてで飛び出して来まして、大騒ぎになりました。

「どこにどうしていらっしゃるかと心配しておりました。手がかりもないままに時ばかり過ぎていきまして、こんなふうに突然おいでくださるとは、思いもかけぬこと」と大納言はしきりに問いただそうとしたのでありましたが、法師の方は言葉少なく、

「いや、そういうことはまた後でゆっくり。今日はご相談があって参りました。伊賀の国に、長年世話になっている者がおります。その者が、たまたま仕出かしたことでお咎《とが》めを被ってお国から追放ということになりまして嘆いております。これが気の毒でなりません。たいした罪でなければ、どうかこの法師に免じて許してやってくださいませんか」と。

「もちろんです。あなたがそこまでおっしゃるんですから、その男、罰せられなくとも反省してやり直すこともできる男なんですね」と国司は言い、これまで以上の待遇に取り立ててやりましょうと公式の文書にして出してくれまして、法師は満足して出てきました。そこで伊賀の郡司が、またまたひっくり返って驚いたのでありました。

伊賀の郡司には、思うところも言いたいこともいっぱいあったんですけれど、なにしろ驚きすぎて言葉になりません。宿に帰ってゆっくりと思っているうちに、法師は、衣と袈裟をたたんだ上に国司の文書を載せ、ふいと立ち出《い》でて、そのまま、どこへともなく、いなくなってしまいました。これもまた、あの玄敏《げんびん》（玄賓）僧都《そうず》、気高い心でありました。

（巻第一第二話）

平等供奉、山を離れて異州に赴く事

ちょっと前の話であります。比叡山《ひえいざん》に、平等供奉《びょうどうぐぶ》という偉い人がおりました。天台、真言《しんごん》の祖師であります。あるとき、便所に入っていて、とつぜん無常を悟りました。

「なんでまた、このあっけない世に、名誉ばかり追い求めて、つまらない身を惜しがって、毎日を暮らしていくのかなあ。むなしいなあ」

そう思うと、これまでおめおめと生きてきたことも、長年住んできた僧坊も、いやでいやでたまらなくなり、自分の居室に帰るのもいやになり、便所を出ると、下着姿で足駄をつっかけたまま、すっと表に出ていって、西の坂を下りて京の方へ向かいました。

どこに行こうとも考えていませんでした。足の向くまま、淀川《よどがわ》の船着き場までさまよっていきました。下る船を見かけて乗せてもらおうとしましたが、なにしろ顔つきがまともじゃありません。船頭も薄気味悪がって乗せたがらなかったんですが、必死の形相で頼むものですから、とうとう折れて乗せました。ところが、なんの用があってどこへ行くのだと聞いても、

「別にしたいことがあるでもなし、行きたいところがあるでもなし。どこでもいいんです、あなたの行かれるところにわたしも行きます」と言うばかりで埒《らち》があきません。

変なものに関わっちゃったなと思いつつ、船頭にも情け心がありました。とりあえず、船の行き先の伊予の国まで乗せていったのでありました。

そこで降ろしてもらいまして、あてもなくさまよい歩き、歩きつづけて、乞食《こじき》をして、日を送っておりました。その辺りでは顔を知られて、「門乞食《かど》」と呼ばれるようになりました。

比叡山の坊では、あの偉い人が、ちょっと出ていったっきり帰ってこないものですから、大騒ぎして捜しまわりましたが、こんなことになっているとは誰も思いもよらず、きっと何かわけが、などと言ってるうちにも日が暮れていき、夜が明けていきました。心当たりをすべて捜しまわったけれども、見つかりませんから、とうとう死んだものとして葬式も供養も行われました。

ところが天網恢々《てんもうかいかい》、新任の伊予の国の国守が、平等供奉の弟子の阿闍梨《あじやり》と懇意でありました。今までも何かにつけて頼りにしていましたが、このたび任国に下ることになり、遠方だし、どうも心細い、どうかいっしょに来ていただきたいと乞われて、阿闍梨も同道したのであります。

平等はそんなことも知らずに、国守の館に物乞いにやって来ました。

門乞食、気味悪い、きたならしい、と子どもらに嘲られ、ののしられます。おとなたちには、「なんとも異様な乞食だ、追い出してしまえ」と邪険に追い払われます。それを阿闍梨が見ておりまして、あまりに気の毒で、何か施しをと呼び戻しました。

おずおずと縁の際までやって来たのを見れば、人の形もしていません。ぼろぼろの綴《つづ》りみたいなものを身にまとい、みすぼらしく、やせ衰えております。ところがその顔にはなんだか見覚えがありました。はてどこで会ったかと阿闍梨がよくよく考えてみると、死んだと思っていた、忽然《こつぜん》と消えていなくなった、わが師であります。阿闍梨はあわてて庭先に飛び出すや、師の手をつかみ取り、縁の上に引き上げました。人々はざわめきました。国守も人々もしきりに話しかけましたが、平等は何も語りません。やがてついと立ち上がり、そのまま去って行ってしまいました。

阿闍梨は次の日、衣やら何やらを携えて、師が寝泊まりしているはずの場所に行ってみたのですが、見つかりません。山の中も森の中も、すみずみまで捜させたのですけれども、とうとうそのまま、また行方知れずになってしまいました。

ずっと後のことです。人も通わぬ深山のさらに奥の、湧き水のそばに死人がいるという噂《うわさ》が立ちました。阿闍梨が聞きつけて、もしやと思って行ってみると、師でありました。師の、朽ち果てた遺体が、西に向かって合掌しておりました。師の生きざまに深く感動して、阿闍梨は泣きながら後を弔ったのでありました。

今も昔も、発心《ほっしん》する人は、このように故郷を離れ、すっぱりと名利を捨てて、見ず知らずのところで死んでいく。菩薩《ぼさつ》でさえ、顔見知りの前では奇跡を起こしにくいというし、仏道に生きようと思った心はとうといけれども、いつ、その発心が揺らぐか知れやしない。心なんて、すぐに乱れるものであります。故郷に住み、知人たちの間に立ち交じり、暮らしつづけていて、どうして一念の妄心を、起こさずにいらりょうか。

（巻第一第三話）

千観内供、遁世《とんせい》して籠居の事

千観内供《せんがんないぐ》という人は、智証大師《ちしょうだいし》の弟子すじで、学識にかけては他にならぶ者がおりませんでした。道心は深かったのですけれども、どう生きるか、どんな行動をするべきかと、深く考えずに、なんとなく月日を送っておりました。

あるとき、宮中から講義に呼ばれての帰り道、四条河原で、ばったり、空也上人《くうやしょう》に出会いました。千観は車から降り、上人に向き合って、聞きました。

「教えてください。後生が助かるためにはどうしたらいいんでしょう」

上人はこれを聞いて、

「なにをおっしゃる。逆ですよ。そんなことはあなたに聞きたい。わたしみたいなものは、ただ漫然とさまよい歩いておるばかりです。いやはや、なんと答えていいのやら」と言って立ち去ろうとしたのを、袖をつかまえて、さらにしつこく聞きました。すると上人は、

「なんとかして身を捨ててみたら」と言い捨てて、袖を引き離すと、すたすた行ってしまったのでありました。

内供は、その場で（四条の河原でありました）、着ていたものを脱ぎ替えて、車に入れると、「早く坊にお帰り。わたしはこれからよそへ行くのだ」と供の者

たちを帰らせて、一人きりで簑尾《みのお》というところに籠ってしまったのでありました。でも、そこでも満足できませんでした。どこに住むべきか考えていたときに、東の方に金色の雲が立ちました。内供はそこまで行きまして、粗末な庵《いおり》をむすんで隠れ住んだのでありました。

これが今の金龍寺《こんりゅうじ》、内供が、そこで長年修行して、死んで浄土に生まれ変わったということが、くわしく『往生伝』（日本往生極楽記）に書いてあります。

この内供は、ある人の夢に、千手観音《せんじゅ》の化身《けしん》として出てきたそうです。千観というその名は、「千手千眼観世音菩薩《せんじゅせんげんかんぜおんぼさつ》」の略であったそうです。

（巻第一第四話）

多武峯の僧賀上人、遁世《とんせい》して往生の事

僧賀上人《そうがしょうにん》は、子どもの頃は評判でした。経平《つねひら》の宰相の子で、慈恵《じえ》僧正の弟子で、

生まれは良く、良い師匠につき、頭も良い、理解も深い、行く末を嘱望されていたものであります。しかし僧賀本人は、物心ついてからというもの、俗世がいやでいやでたまらず、金にも名誉にも興味がなく、極楽に生まれることばかりひそかに願っていたのでありました。

ところが、この世を捨てるのに必要な、仏道に生き抜こうという道心だけが、足りないような気がする。それで、延暦寺根本中堂《えんりやくじこんぽんちゆうどう》のお詣《まい》りを、千夜つづけて、毎夜に千回ずつ礼をするという修行をして、道心を祈ることにしました。

はじめのうちこそ声を出すことなく、礼をしておりましたが、六百夜、七百夜になってくると、礼をしながらぶつぶつ言うのが傍らでも聞こえる。耳を澄ますと、どうも「つきたまえ、つきたまえ」と唱えているようだ。何がつきたまえか、天狗《てんぐ》でもつきたまえか、と人々は笑いもし薄気味悪くも思っておりました。そのうち、声はしだいに高くなっていきまして、とうとう千夜も終わる間際になると、「道心つきたまえ、道心つきたまえ」「道心つきたまえ、道心つきたまえ」とくり返しているのがはっきり聞こえて、人々は心を揺さぶられました。

千夜は終わりました。前世からの縁もきっとありました。道心はしっかりとつきまして、いよいよ人との交わりから離れたいと思う気持ちが強くなりました。なんとかして失脚してしまいたいと、機会を待っておりますと、内論義《ないろんぎ》という催しがありました。

宮中で論義がありまして、その後、食事が出るのですが、ならわしとして、その残り物を庭に捨てて、乞食《こじき》たちを呼び入れて食わせるということになっておりました。ところが乞食たちを呼び入れたときに、僧賀が、いならぶ宰相や僧都《そうず》の中から走り出して庭に飛び降り、あらそって残り物を食う乞食の群れに入りこんだのでありました。

すわ、狂ったかと騒然となりましたが、僧賀はへいぜんとして、「狂ってなんかおりませんよ、そういうみなさまの方がよっぽど狂ってるんじゃないですか」と言い返し、もぐもぐ食いつづけておりました。もちろん非難もされました。でもそれがきっかけで、大和《やまと》の国の多武峯《とうのみね》というところにひっこんで、思うままに隠遁《いんとん》生活を送ることができた。しかしそれも束《つか》の間、あの人はやっぱりどうも偉いらしいと評判が立ちまして、后《きさい》の宮の戒師に任命されて、呼び出されてしまいました。ところが僧賀は、のらりくらりと参上して、紫宸殿《ししんでん》の欄干のはじっこに寄りかかり、つじつまのあわないことをだらだらしゃべっただけで、退出してしまったのでありました。

ある供養に呼び出されたときには、道々まじめに何をどう説法しようか考えていたのですが、考えながら、ふと気がついた。「金や名誉をほしがるから、こんなことにかかずらわるのだ。これは魔というやつが、浄土行きを阻止しようとして、おれを陥れたに違いない」と。そこで、呼ばれた先へ行き着くや、つまらないことにいちゃもんをつけて、施主とけんかして、供養もせずに帰ってしまったのでありました。こういうふるまいも、人に評価も期待もされないためと思えば、わかる気がいたします。

あるとき、師の僧正が帝《みかど》から名誉を与えられました。僧正が行列を作って宮中へ向かう、その道すじ、わが変人は、行列の先頭に入り込み、太刀のかわりに乾鮭《からざけ》をぶらさげ、やせこけてみすぼらしい雌牛にうち乗って、「先払いをいたします」と声高によばわり、牛の向きをあれこれ変えて、乗り回しました。さんざん見物を驚かせたあげくに、「金もいらなきゃ名もいらぬ、あたしゃ楽しいお乞食さん」と歌いながら行列から離れていったのであります。ところが師の僧正も、凡人ではありませんでした。「わたしが先払いをしますから」という僧賀の声を聞いて、師の耳には、「悲しくてたまらない、お師匠が悪道に入っておしまいだ」と僧賀が泣いているように聞こえました。そこで「これも衆生を救うためさ」と車の中から僧賀に向けて答えたのでありました。

やがて僧賀にも、死ぬときがやって来ました。

いよいよ病が重くなりますと、僧賀は、まず碁盤を取り寄せて一人碁をうち、つぎに馬具のあおり（泥よけのようなもの）を持って来させて首にかけ、子どもらがやるように、胡蝶《こちょう》という舞を舞うまねをしました。

「なに、子どものとき、この二つをするなと人に言われてな、したかったのにできなかったんだよ。今になると、それが心残りだ。死のうというのに心残りがあったら、執着となってひきずられるといけないから」と、いぶかしがる弟子に、僧賀は言いました。

最後の歌がこう言うのです。

みづはさす八十《やそぢ》あまりの老いの浪《なみ》

くらげの骨にあひにけるかな

（年を取ったら生えるという瑞歯《みずは》が生えた。八十歳まで生きて老いた。
くらげの骨を見たようなもんだね）

喜びの表情をうかべてこの歌を詠んで、息が止まりました。諸菩薩《しょぼさつ》の迎えが見えたのだろうと人々は言いました。

この人の行動を、世の人々はクレイジーというだろうが、執着をなくすためにここまでやった。なかなかできないことだ。人に交わるこの世である。身分の高い者に従い、賤《いや》しい者をあわれむ習いである。しかしその際、身は他人のものとなり、心は恩愛に振り回される。この世で苦しむだけじゃない。現世から離れるためには、それが大きな障りとなる。執着をなくすしかない。それ以外に、どうすれば乱れやすい心が静まるか、わたし（長明）にはどうしてもわからない。

（巻第一第五話）

高野山の南に住んだ筑紫上人、出家して山に登った事

あまり昔のことではありません。高野山《こうやさん》に、南筑紫《みなみつくし》という、尊い聖《ひじり》がおりました。

もともとは筑紫の者で、そちらに所領もたくさん持っていました。あの国では、門田《かどた》と言って、家の前に広がる田んぼを多く持っているとお大尽と言われるそうです。その男は、門田を五十町も持っていました。

八月の頃、朝、外へ出てみますと、見渡すかぎりの田んぼに稲がみのっている。いちめんの穂波がゆらゆらして、その上に露がおりて、いかにも美しい秋の風景でありました。

「この国に豊かといわれる者は多くとも、門田を五十町も持っている者はめったにないだろう。身分不相応にありがたい話だ」と男はしみじみと思ったのです。

　そのとき、前世からの因縁がそんな気持ちを起こさせたのかもしれません。男は考えました。

「そもそも、これは何事だ。この世のありさま、昨日はいた人が、今日はもういない。朝に栄えた家が、夕べには衰える。いったん死んでしまえば、苦労して蓄えたものに何の意味がある。執着する心から離れられず、生死をくり返すだけの生はむなしい」と。

　無常を悟る気持ちが、強くわき起こりました。

「家に帰れば、妻もいる、子もいる、親戚もいる。きっとみんながわたしを止めるだろう。いっそ、今、この場を離れて、知らないところに行って、仏道を求めよう」と。

　そしてすたすたと京へ向かって行きました。ところがやはり、ただならぬ面持ちをしていたのでしょう。すれ違った人がいぶかしんで、男の家に告げました。家族が大騒ぎしたのも当然の話でありました。

　男には、十二、三の娘がおりました。日頃、とてもかわいがっていた娘でありました。その子が、泣きながら父を追いかけ、追いすがり、「おとうさま、あたしを捨てていかないで」と袖をつかんだのでありますが、「だめだ、ここで妨げられてはならない」と、父は刀を抜いて、自分の髪を押し切りました。娘は驚きおののき、袖を離して、帰っていきました。

男は、それから高野山に登り、頭を剃《そ》り、望みどおり、修行に励みました。あの娘は、怖がって家に帰ったのですけれど、父のことが忘れられず、後を追うようにやって来て、尼になりました。娘の尼は高野山の麓に住んで、父が死ぬまで、父のために洗濯したり裁縫したりして尽くしました。父の聖は徳の高い聖になって、貴い人も賤《いや》しい人もみな帰依したのでありました。

あるとき、聖は堂を作り、その供養に誰を導師として頼むか、考えておりました。すると、こんな夢を見ました。誰かが「この堂は、某日某時刻に浄名居士《じようみようこじ》が供養するべきなのだ」と言っている夢です。目が覚めてすぐ、それを枕元の障子に書きつけました。ふしぎなことだが、きっと何かあるのだと思って、そのまま何もせず、ただ待ちながら日を送っておりました。

その某日になりました。聖は堂をすっかり浄《きよ》め、飾りつけて、待っていたのでありますが、あいにくと朝から雨です。人の来る気配なんぞまったくない。ようやくその時刻になった頃、みすぼらしい法師が一人、蓑笠《みのかさ》を着てやって来て、堂を拝んでいこうとしました。

そこで聖は飛び出して、法師をつかまえて、「この堂を供養してくださいませ」と頼みますと、法師は仰天して、「なにを、そんな大それたことは、する資格もございません。わたしなど取るに足りないただの法師、ついでがあって来ただけで」としきりに断りました。

「いえいえ、前々から夢のお告げがあり、それがたしかに今日のこの時に合致します」と書きつけを見せますと、法師も断り切れなくなりまして、「それでは、形ばかりですが、供養させていただきます」と、蓑笠を脱ぎすて、ご本尊の前の台座に上がって執り行ったのは、めったに聞かれないほどのすばらしい説法でありました。

この導師、実は天台の名僧、明賢阿闍梨《みょうげんあじゃり》で、高野山を拝んでみたいと、お忍びで詣でていたのでありまして、これ以来、高野山では、明賢阿闍梨は浄名居士の化身《けしん》として称《たた》えられることになりました。そしてまた、こちらの聖も、浄名居士につながる尊い方だと有名になりまして、白河院も帰依なさったほどでした。高野山はこの聖のときから、おおいに栄えるようになりました。

聖は臨終のときも乱れぬ心をもって往生をとげたと、『三外往生伝《さんげおうじょうでん》』にくわしく書いてあります。人が惜しむ財産をきっかけに発心《ほっしん》したということ、なかなかできないことでありました。


ある賢者がこう言った。

「現世と来世にわたって苦を受けるというのは、財をむさぼる心が源になっている。人も執着する、我も執着する。あらそい、ねたんで、むさぼる。いかりの心もいやさかに栄え、人の命も絶てば、人の財もかすめとる。家が滅ぶも、国が傾くも、みな、これから起こる。

経にこう書いてある。『欲が深いと、禍《わざわい》も重い』と。『欲の因縁で三悪道に堕《お》ちる』と。

遠い未来、弥勒菩薩《みろくぼさつ》の世になれば、人々が財というものを怖《おそ》れいやがるようになってるだろう。釈迦《しゃか》の教えをひきつぐ人々にも、貪欲のために戒を破り罪を作って地獄に堕ちた者がいる。そんなものは、毒蛇を捨てるみたいに、さっさと道ばたに捨ててしまえ」と。

（巻第一第六話）

小田原の教懐上人、水瓶をうち割る事。そして陽範阿闍梨、梅木を切る事

興福寺《こうふくじ》の別所、小田原という寺に教懐《きょうかい》聖人という人がおりました。後には高野《こうや》山《さん》に住むようになった人ですが、新しい水瓶《すいびょう》の、実によい形のものを手に入れて、すっかり惚《ほ》れ込んでいたのでありました。

ところがある日、それを縁に置きっぱなしにして奥の院にお詣《まい》りに行きました。そこで一心にお経を誦《よ》んで、ひたすら信仰しているはずが、あの水瓶を思い出し、置きっぱなしにしてきてしまった、誰かに取られはしないかと気になって、心が統一できませんでした。これはいけないと、帰るやいなや、軒下の石畳の上で水

瓶を打ち砕き、捨ててしまいました。

また横川《よかわ》に、尊勝の阿闍梨《あじやり》陽範《ようはん》という人がおりました。見事な紅梅を植えて、何よりも大切にしていました。花の時期には夢中で花を愛《め》でて、人が花の枝を折りでもしますと、惜しがって叱りつけたほどでした。

ところがある日、何を思ったか、弟子がよそへ行って誰もいないとき、雑用の小坊主がいたのを呼んで、「斧《おの》があるかね、持っておいで」と言いつけて、持ってこさせた斧で、梅の木を根元から切り倒し、上に砂を撒《ま》いて、跡形もなくしてしまいました。帰った弟子が驚いて、いったい何がありましたかと問いますと、ただ「無用だよ」と答えたのでありました。


みな、執着を恐れたのだ。教懐も陽範も、ともに往生を遂げた人だった。

この仮の家、はかない現世。ここにとらわれて長い闇に迷うのを、愚かと思わずに何とする……。それでもできない。世々生々、煩悩のしもべとなる哀《かな》しさを知りながら、わたしも人も、なかなか思い切れずにいる。


（巻第一第七話）

佐国が花を愛して蝶となる事。そして六波羅寺の幸仙が橘を愛する事

ある人が円宗寺《えんしゅうじ》の法華《ほっけ》八講《はっこう》という会に行き、その間近くの人の家を借りて、そこから通っておりました。その家を見ますと、たいして広くない庭と前庭に、実に見事に木を植えてあり、小屋を作って水を撒《ま》くようにもしつらえてありました。いろいろの花が数多く咲きみだれ、錦をかぶせてあるようでした。その上に、いろいろの蝶《ちょう》がおびただしく遊んでおりました。

なんてすばらしい光景かと感動して、持ち主を呼び出して、このことについて聞きましたら、持ち主が言いました。

「ただ花を楽しんでいるのじゃありません。深いわけがあって、草木を植えてあるのです。わたしは、大江佐国《おおえのすけくに》の子、父は人に知られた学者でした。生きている

とき、父は花に夢中で、園芸三昧というやつですが、始終、花をいじり、花をかまっておりました。詩にもさんざん書きました。

『六十余国見レドモ、未《イマ》ダアカズ。他生ニモ、定メテ花ヲ愛スル人タラン』

（六十余国の花を見たが、まだ飽きない。次の生でも花を愛する人でありたい）

こういう詩を書いておりましたので、これはもしや、生死をくり返してもずっとつづく執着になってしまうのではないかと心配でなりませんでした。そしたらある人が夢で、父が蝶になってるところを見た、と。それなら、このあたりにも迷い込んでくるかもしれないと思いまして、こうして力の及ぶかぎり植えてあります。花だけじゃ足りないような気がして、甘葛《あまずら》の蜜も毎朝注ぎかけているのです」と。

六波羅寺《ろくはらでら》に住む幸仙《こうせん》という僧は、ふだんは仏道を求める心のとても強い、まじめな僧だったのに、橘《たちばな》の木が好きでたまらず、執着しすぎて蛇に生まれ変わり、その木の下に住んだそうです。くわしくは『拾遺往生伝《しゅういおうじょうでん》』に書いてあります。

こうはっきりわかることはめったにない。これで、執着の一念一念が悪業となり、次の生につながり、つまらない生き物に生まれ変わってしまうということ、疑う余地もない。ほんとうに恐れても恐れても恐れ足りないのだ。

（巻第一第八話）

神楽岡清水谷の仏種房の事

神楽岡《かぐらおか》の清水谷《しみずだに》というところに、仏種房《ぶつしゅぼう》という、偉い聖《ひじり》がおりました。わたしは会ったことはないんですが、ついこの間まで生きていた人です。往生を遂げた人として、人がありがたがって話していたのを聞きました。

この聖は、昔、水飲《みずのみ》というところに住んでいたのですが、木を拾いに谷へ降りている間に、庵《いおり》に盗人が入りました。たいしたものはなく、盗人はわずかなものを盗《と》って逃げまして、だいぶ遠くまで来たと思って振り返ると、なんと元のところであります。おかしい、こんなはずはないとさらに行くんですが、四時間ばかりも水飲の水屋の周囲をめぐりめぐって、どこへも行くことはできませんでした。そのとき、聖が気がついて、「おまえは誰かね」と聞きました。

盗人が言うには、「おれは盗人です。遠くへ逃げてやろうと思っても、どうにもこうにも逃げられない。これはただごとじゃない。今は盗った物を返します。だからゆるしてください。もうここから帰りたい」と。

聖の言うには、「なぜこんな罪深いことをするのだ。欲しいと思って取ったんだろう。そんなら返さなくてよい。それがなくても、わたしは別に困らないから」と。そして盗人に取らせてやりました。あわれみの深い心でありました。

聖が清水谷に住んでいたときに、熱心な信者がおりました。聖に深く帰依して、季節ごとに物を贈ったり寄付したりしていたのですが、あるとき、聖が信者の家にやって来て言いました。

「長年、ありがとうございます。このところ、吹けば飛ぶような庵を作ろうと思いまして、大工に来てもらっているんですが、これが魚をうまそうに食べるんです。それがなんともうらやましい。わたしも魚が食べたくなりました。それであなたのところにならあるかと思いまして」と。

信者は女でありました。女の心は愚かでありました。まあ、あさましいと思いまして、ありあわせの残り物を出しました。聖はよく食べて、残りは土器にふたをして、紙に引き包んで、「これは帰って食べます」と懐に入れて、帰っていったのでありました。

その後、この信者は、あんなに尊い聖が魚を食べるだなんて残念なことと思いながら、やっぱり気がとがめて、「このあいだお持ち帰りになったものはおいしくなかったでしょう。よい物が手に入りましたよ」と、魚をいろいろ料理して届けたところ、今度は受け取らずに、こう言いました。

「おこころざしはうれしいのですが、先日の残りを食べたらもう満足、今は食べたくなくなりました。お返しいたします」と。

これもまた、この世に執着をとどめまいという思いであったんだろうと思います。

あるとき、仏種房が風邪をひきました。形ばかりのボロ家は荒れ果てたまま、繕ってもありません。看病してくれる人もなく、一人で病みついておりました。

時は八月十五夜、月の明るい晩でした。宵のうちに、声高く念仏する者がありました。近所の家々にも、その声が、とうとくありがたく聞こえました。人が集まってきて、のぞいて見ると、隙間だらけの荒れ果てた家には、月の光があかあかと、遮られずにさしこんでいるばかり。

夜中すぎになりまして、「うれしいなあ。これが、ずっと、したかったことなんだ」という声が、壁の外にまで聞こえました。そして、念仏の声もふっつりと聞こえなくなりました。夜が明けてみますと、聖が、西に向かってきちんと座り、手を合わせて、眠るように死んでいました。その家は、町中にありまして、貧しくて賤《いや》しい人たちの住む家々の軒続きでありました。

（巻第一第九話）

天王寺の聖の隠れた徳の事。そして乞食聖の事

つい最近のことです。天王寺《てんのうじ》に聖《ひじり》がおりました。ことばの後に必ず「瑠璃《るり》」という二つの文字をつけるので、そのまま呼び名に

なって、「瑠璃」と呼ばれておりました。その姿、布の綴《つづ》りあわせたのや紙衣《かみぎぬ》の破れてはたはたしているようなのを何枚となく重ね着して、ぞろぞろと着ぶくれて、汚らしい布袋に乞食《こつじき》でもらったものをぜんぶ入れて、うろつきながらこれを食っていました。子どもらが囃《はや》し立てても文句も言わず、怒りもせず、あまりひどくいじめられると、袋から何か取りだして、子どもらに差し出すんですが、子どもらは汚がって捨ててしまう、すると瑠璃はまたそれを拾って袋に入れました。たいていぶつぶつつぶやいていて、物狂いそのものでした。どこといって定まった寝場所もなく、垣根や、木の下や、築地《ついじ》によりかかって、夜を明かしておりました。

その頃、大塚というところに、教理にくわしい智者《ちしゃ》の僧がおりました。あるとき、瑠璃がやって来て、「雨が降って寝る場所もない瑠璃、この縁のはしっこをお借りいたしたい瑠璃」と言いますので、この智者は、めずらしいことだ、どうしたのかなと思いながら、泊めてやりますと、夜更けて瑠璃が言いました。「今晩はたまたまここにこうしております瑠璃。ここのところずっと考えているのにわからないことがあるので教えていただきたい瑠璃」と。

意外なことでしたけれど、僧が、ほかの人に対するようにきっちりと質問に答えてやりますと、瑠璃はさらに聞くのであります。話は進み、どんどん高度になり、天台の深遠な教義におよび、夜っぴて問答をくり返して夜が明けまして、瑠璃は、「わからないわからないと思っていたことがすっきりした瑠璃」と言いながら、帰っていったのでありました。

感動した僧が人に話したので、瑠璃を卑しんでいた人々も心をあらためて、もしかしたら、これは偉い聖かもしれないと、いや仏の権化《ごんげ》だという人も出てきて、敬うようになりましたが、瑠璃聖の言動はいっこうに変わりません。そんなことがあったんですってねと人が話しかければ、ただ笑ってまぎらわすのでありました。やがて、人に知られたことがうるさくなったんだろうと思います。行方知れずになりました。

だいぶ経ってからのことです。和泉《いずみ》の国で乞食していましたが、人里離れたところの大きい木の根元に、下枝に仏の絵をかけて、西に向かって、手を合わせ、座ったまま目を閉じていたと言います。死んだことは誰にも知られずにいました。後になって死骸が見つかって、わかったことでした。

またこれも最近のことですが、仏みょうという乞食がおりました。

この人も瑠璃聖と同じく、物狂いのように生きた人でした。魚も鳥も平気で食べ、筵《むしろ》や菰《こも》を重ねて着て、人というよりボロかゴミのようで、出会う人ごとに「あま人・法師・おとこ人・女人等清浄」と言って、拝みました。

人には、馬鹿だとも気持ち悪いとも思われていましたけど、ただ者じゃなく、阿証房《あしょうぼう》という高僧を親友にして、むずかしい経論などを借りて、人に知られないように懐に入れて持ち歩き、何日かして返すなんてこともしょっちゅうやっていました。とうとう最後は、高野川《たかのがわ》の切堤《きれづつみ》の上で、西に向かって、手を合わせ、きちんと座って、死にました。

これらは、後世を願う者としての最高の生きざまだ。「真の隠者は朝廷や町中にいる」と言うが、その心は、賢い人が世を捨てようとするなら、町中の人混みにいても自分の徳を隠しおおすことができる。山林に分け入って跡をくらましたりするのはまだまだ未熟、人中で徳を隠せない人のやることさ、と。

（巻第一第十話）

高野のほとりの上人、偽りの妻を儲ける事

高野山《こうやさん》のほとりに長年住み着いている聖《ひじり》がおりました。元は伊勢の国の人で、たまたまそこに住み着いたのだということでした。修行で高い徳を身につけた聖で、人がたくさん帰依したので、貧しくはなく、弟子もたくさんいました。かなり老いてからのことでした。聖は、いちばん頼りにしている弟子を呼んで言いました。

「話したいことが前からあったのだよ。でもこんなことを言ったら、どう思われるか、それが気になって言い出せないでいたのだ。どうかどうか、けっして断らないでもらいたい」と。

弟子は言いました。

「どうぞ、なんでもおっしゃってくださいませ。お断りするなんて絶対にありま

せん。ご遠慮はご無用に願います。なんでもいたしますとも」と。

するとの聖は言いました。

「人を頼りにして生きて行かなくちゃいけない身なんだから、こんなこと、思いついちゃいけないいんだろうけどね。年取ってくると、傍らが寂しくてね。なにかにつけて不便も増す。それで、誰かいい人を見つけて夜の伽《とぎ》にしたい。とまあ、こんなことを考えていた。まあ、あまり若い人はいけない。よく気がついて思いやりのある人を、わたしの伽として、こっそり探してもらいたい。

この坊のことは、ぜんぶあなたにゆずる。わたしがやっていたように、この坊のあるじとして、人々の祈りもちゃんと引き受けてもらいたい。そしてわたしを奥の部屋に住まわせて、二人の食べ物を差し入れてもらいたい。その後は、あなただって気づまりだろうから、もう会わないようにしよう。あなた以外の人には、わたしが生きてることすら知らせないように。死んでしまったものとして扱って、かつがつ命をつないでいけるようにしてくれたら、それでよい。これだけがここ数年来のわたしの願いなのだ」と熱心に語るのでありました。

弟子としては、意外なことでした。あきれたし、あさましいとも思いました。

でも、師には、「心おきなく話してくださってうれしゅうございます。すぐにお探しいたします」と言いまして、近く遠くを探し歩き、とうとう、年は四十くらいの、夫に死に別れた女がいるのを聞いて、よく話し、身のまわりのことも、いいように取りはからって、一緒にしました。それから師の聖のところには、誰も通わず、弟子も行かず、そのまま月日が経ちました。

　初めのうちこそ、師に相談したいこともあったのですが、約束したことなので、そのとおり、なんとかやっていきました。

　六年経った頃、例の女が泣きながらやって来て、「聖さまが、この暁に亡くなりました」と言いました。驚いて行ってみると、持仏堂《じぶつどう》の中で、仏のみ手に五色の糸を掛けて、それを手に持って、脇息《きょうそく》に寄りかかり、念仏をしていた手も生前と変わらず、そこに数珠《じゅず》がかかっているのも、生きている人がただ眠っているように見えました。壇には勤行《ごんぎょう》の道具をきちんと置いて、鈴《れい》の中には紙が押し入れてありました。弟子は悲しみながら、女に最期のようすをくわしく聞きました。女はこう語りました。

「こうやって暮らしてきましたけど、わたしたちは女と男の仲じゃなかったんです。夜は床を並べて寝て、夜中に目が覚めたときには、あの方は、生死をくり返すことのあさましさ、浄土を願うことの大切さなどこまごまと教えてくださいまして、せっくすしようなんて一度も言い出されることもありませんでした。昼は阿弥陀《あみだ》さまの勤行を欠かさず、それからご自身はお念仏をなさって、またわたしにもすすめてくださいました。暮らしはじめた頃の二か月や三か月は気を使ってくださって、よくこんなことをおっしゃいました。『こんな暮らし方はわびしすぎるかね。もしそうなら、心のゆくまま、自由に生きておくれ。別れるのも縁を結ぶのも、前生から決まってることなんだ。わたしたちの関係を人に言ってはいけないよ。もしまた、互いに相手をよい導き手と思えるようになって、後生までの勤めを心しずかにできるのなら、こんなうれしいことはない』と。

それであたしが、いえいえ、そんなことはありません、あたしも夫に先立たれました、先の夫の後生も供養してやりたいのです。こんな世に生まれなければよかったと、いつも思っておりました、このお話をいただいたときも、気が進みませんでしたけど、他に暮らしようもなかったし、しぶしぶお引き受けしたんです、そこらの女と同じに思わないでください、そんなのじゃありません、むしろ、すばらしい方にめぐり逢《あ》った、これで導いていただけるのだと、内心うれしくてたまりませんと言いましたら、にっこりなさって、『ほんとによかった』とおっしゃってくださいました。ご臨終が近いことも前々からご存じでしたけど、『わたしが死ぬことを人に言ってはいけないよ』とおっしゃっていたので、何も申しませんでした」と、女は語ったのでありました。

（巻第一第十一話）

美作守顕能の家にやって来た僧の事

生若い僧が、美作守顕能《みまさかのかみあきよし》の屋敷に入ってきて経を誦《よ》みました。その誦み方がとてもとうとく、主人が、何をする人なのかと聞いたほどでした。僧は、近くに来て言いました。

「乞食《こつじき》です。ただ、家ごとに乞い歩くなんてことはしてないだけです。西山の寺

に住んでおりますけど、少し望むところがあるのです」と。

そのようす、無下にできないようなところがありまして、くわしく聞き出しま

すと、こう言いました。

「言いにくい話です。実はある若い女と関係を持ちまして、身のまわりの世話を

させておりましたら、女が妊娠してしまって、もうすぐ生まれるんです。とにか

く全面的に自分が悪い、女が動けない間、命をつなぐだけのものは与えてやりた

いと思っていますが、いかんせん自分には力がありません。こちらならば、あわ

れんでくださるかと思って来たのです」と。

ことの起こりこそ、情けない、呆《あき》れるようなことでしたけど、その苦労が気の

毒にも思えてきまして、それなら任せなさいと食べ物をみつくろい、人に運ばせ

て送り届けようとしました。すると僧が、「恥ずかしいので、住処《すみか》も知られたく

ないのです。自分で運んでまいります」と言いまして、持てるだけ背負って出て

いきました。

主人はなんだか腑《ふ》に落ちず、人を遣《や》って跡をつけさせました。使いの男は変装

して、見え隠れについていきますと、僧は北山の奥深くに分け入り、人も通わぬ深い谷に入っていったのでありました。そこに一間ばかりのみすぼらしい柴《しば》の庵《いおり》がありました。その中に入ると、もらってきた物を置いて、「ああ重かった。これも仏のお助けだ。安居《あんご》の間の食料が手に入った」と独り言を言い、足を洗って沈黙しました。

これには、使いの男も驚きました。日はもう暮れて、帰れなくなりましたので、そのまま木陰にしずかに隠れて、夜を明かすつもりでおりました。夜が更けていきました。法華経《ほけきよう》を誦む声が、夜通し聞こえました。美しく、とてもとうとく、男は涙がとまりませんでした。

夜が明けるやいなや、使いの男は主人の許《もと》に帰り、ゆうべ見聞きしたことを語りますと、主人はやっぱりそうか、ただ者ではないなと思ったのだよと言いまして、僧に手紙を遣りました。

「安居のための食料だったのですね。意外なことでした。それならば、昨日さし上げた物では足りないでしょう。これもさし上げます。さらに必要なときは、どうぞお申しつけください」と使者に言わせたのですが、僧は経を誦みつづけるばかりで、返事をしません。使者はしばらく待っていましたが、あきらめて、物を庵の前に置いて帰りました。

しばらく経って、あの僧はどうしたかと訪れてみましたが、庵には人気がありません。先にもらったものは持って出たようですが、後にもらったものはそっくりそのまま置いてありました。鳥や獣が食い散らし、あちこちにこぼれて落ちていました。

ほんとうに仏道を求めようという心のある人は、このように、自分の身の徳を隠そうとして、わざわざ罪を言い立てる。人に敬われるのを怖《おそ》れるのだ。この世から遁《のが》れたとしても「見事に遁世《とんせい》した」などと言われて敬われるのは、俗な世間で名声を得るより、わずらわしい。ある経に、こう書いてある。「出家者の名声は、血をもって血を洗うようなもの」と。元の血は洗われて落ちても、新しい血でさらに汚れる、愚かなことだ。

（巻第一第十二話）

真浄房、しばらく天狗になる事

最近の話であります。鳥羽《とば》僧正《そうじょう》という、高貴きわまりない方がおりました。そして、同じ僧坊に長年住んでいる弟子の僧がおりました。名は真浄房《しんじょうぼう》、往生を願う心を強く持っていました。あるとき、真浄房は、師に言いました。

「時が経てば経つほど、後生が恐ろしくなりました。学問の道は捨てて、ただ念仏をしたくなりました。ちょうど法勝寺《ほっしょうじ》の常行堂《じょうぎょうどう》の三昧僧《さんまいそう》に空きがあります。そこに入れるよう、どうかお口添えください。人ならぬ身になり、世を捨てて、心を乱さず、ただ念仏を唱えて、極楽に往生したいと思うのです」と。

「よく思い切った、その覚悟」と僧正は感じ入り、口添えもして、弟子の思うとおりにしてやったのでありました。

それで真浄房は、心しずかに三昧僧坊に住み、やすみなく念仏して、月日を送りました。

隣の坊に、叡泉坊《えいせんぼう》という僧が住んでいました。同じように後生を思いつめている男でしたが、やり方は違っていました。こちらは地蔵菩薩《ぼさつ》を本尊にして、いろいろな行をしました。病者をあわれんで、朝夕に施しをしました。真浄房の方は、阿弥陀仏《あみだぶつ》を頼り、やすまず念仏を唱えました。そして乞食《こじき》をあわれみました。だから乞食が先をあらそうように集まりました。二人の道心者は、垣根一つ隔てたところに住んでいたのでありますが、それぞれのやり方が決まっていましたから、病者もこちらへはあらわれず、乞食もあちらへは行きませんでした。

そんな日々のことです。真浄房は、鳥羽僧正が病を得てもうだめらしいという話を聞きました。見舞いに行きますと、僧正はすっかり衰えて横たわっていましたが、真浄房を見ると枕元に呼び寄せて言いました。

「おまえとは長い間むつまじく暮らしていたのに、この二、三年は遠くに行ってしまって、逢《あ》えなかった。ああ、恋しくてたまらなかった。それなのに今は永の別れが来るのだ。おまえの顔を見るのも今日かぎりか」と。

僧正は、言いながらぼろぼろ涙をこぼして泣くのでした。真浄房もつらくて悲しくて、涙をおさえながら言いました。

「そんなことをおっしゃらないで、お師匠さま。今日はお別れいたしますけれど、後の生には必ずまたお会いしてお仕えいたします」と。

「わたしも同じことを考えていた。うれしいよ」と言うと僧正はまた横たわり、弟子は泣きながら帰っていきました。そして、まもなく僧正は亡くなりました。

また数年が経ちました。

叡泉坊は病で死にました。二十四日の晩に、地蔵のみ名を唱えながら、しっかりと死んでいったので、見聞きした人は、とういことだ、りっぱだった、と口々に言いました。

真浄房も、後生を願うことでは叡泉坊に負けませんでしたから、きっとそんなふうに、りっぱに死んで往生するだろうと、みんなが信じていたのですが、二年ほど経ちまして、真浄房は、気がふれて死にました。人々は驚いて、いぶかしがりました。ところが、しばらくすると、息子に先立たれて嘆き暮らしていた老母も、気がふれました。親しい人々が母の周りに集まって、わらわらと騒いでおりますと、とつぜん母が言いました。

「わたしはそこらの物の怪《け》じゃない、あの死んだ真浄房です。わたしがなぜこんなことになったか、ご不審でしょうから、説明しようと思ってやって来ました。

わたしはひたすら名利を捨てて、念仏を唱えてきましたから、往生してもいいはずです。でも師の僧正が死に際に別れを惜しむので、わたしは『後生には必ずまたお会いしてお仕えいたします』と言った、それが誓文のように働いて、ああ言ったはずだと師が離してくれません。それでずるずると魔道にひきずりこまれています。わたしは、師を仏のように信じ切っておりました。それで口先ばかりのつまらないことを言いました。そしてこうなりました。

ただ、天狗《てんぐ》には天狗のきまりがあります。来年で六年の年季があける。そのときにはここを逃れて極楽に往《ゆ》きたいのです。どうか、わたしがこの苦から抜け出せるように供養してください。

生きていたときあんなに往生を願って、『母上が先に亡くなるときには、わたしが導いてさしあげますね。後生も弔ってさしあげますね。わたしが先に死んだら、母上の亡くなるときには還《かえ》ってきて手を取っておつれしましょうね』と言っていたのに、こんなことになってしまった。今は近くに来るだけでも、母上を悩ませなくてはならない。それがつらい」

そう言いながら、母は真浄房の声でさめざめと泣きました。人々もみなあわれんで泣きました。やがて母は、あくびを何回かくり返したかと思うと元に戻りました。人々はそれからできるかぎりの写経をして、熱心に供養しました。

年もあらたまり、その冬、母がまた病気になりました。人々と話しているとき、こんなことを言いはじめました。

「みなさん、真浄房がまた来ました。その節は、後生を弔ってくださってありがとうございます。この暁、わたしは苦界から離れて、往生いたします。そのしるしをお見せするためにここに来ました。これが今のわたしのにおい、臭くて穢《けが》らわしいでしょう」

そう言うと、息をふっと吹いてみせました。家の中に悪臭が満ちました。堪えがたいほどでありました。夜っぴて語り合ううちに、暁になりました。

「ただ今から、不浄の身を浄《きよ》めて、極楽に参ります」と言って、また息をしたのでありますが、今度はとてもかぐわしく、家の中に芳香が満ちたのでありました。

たとえ僧正みたいな徳の高い人を相手にでも、必ず会いますなどと約束するものではない。僧正は道を踏みはずして魔道に入った、それにひきずられてこんなことになってしまったのだと、この話を聞いた人々は言いました。

（巻第二第八話）

助重、一声念仏によって往生の事

永久《えいきゅう》の頃です。前《さき》の滝口武士であった助重《すけしげ》という者がおりました。近江《おうみ》の国蒲生《がもう》の郡《こおり》の人でした。盗人に遭《あ》って、射ころされました。矢が背中につき刺さった瞬間に、声をあげて「南無阿弥陀仏《なむあみだぶつ》」とただ一声唱えて死にました。その声はとても高く、隣の里にまで聞こえました。人が来て見てみれば、助重は、西に向かって座ったまま眼《め》を閉じて死んでいました。

その頃、入道寂因《じゃくいん》という者がおりました。助重の友人でしたが、家が近くなかったので、助重の災難は何も知らずにいました。

その夜、夢に見ました。広い野を歩いていきましたら、傍らに死人がいました。僧がおおぜい集まって言っていました。「ここに極楽に往生した人がいる。おい、ここに来て、これをごらん」と。行って見て、あ、助重だと思ったときに夢が覚めた。変な夢だと思っていたら、朝のうちに助重の家の使いっ走りの童が来て、助重が死んだと言いました。

また、ある僧が近江の国で修行していました。夢の中で人がこんなことを言いました。「今、極楽往生を果たした人がいる。行きなさい、行って縁を結んだらいい」と。そこは助重の家でした。月日はまたぴったり合っていました。

（巻第二第九話）

前項の僧正が成し遂げたはずの修行や徳は、助重の一声の念仏よりずっとすばらしいはずなのに、あちらは悪道にとどまり、こちらは浄土に往生。それで、わかったことがある。凡夫《ぼんぷ》が愚かな心で人間の徳を測ろうとしたって、測れるものじゃないということ。

ある禅師、補陀落山に詣でる事。そして賀東上人の事

ごく最近のことです。讃岐《さぬき》の三位《さんみ》という人がおりました。その人の乳母《めのと》の夫という人が、長い間、往生をしたいしたいと思いつめていたそうです。こんなことを考えていました。

「人の体というものは、どうも思うようにいかないもんだ。もし悪い病気なんかになって、最期も思いどおりにいかなかったら、極楽浄土に生まれたいというおれの願いはとうてい果たせない。死ぬとき病気じゃだめだ。そうでなければ、臨終のときに落ち着いていられるわけがない」

そう考えて、身燈《しんとう》しようと思い立ちました。

わが身を焼いて死のうというので、苦しいに違いない、耐えられるかと考えて、鍬《くわ》を二つまっ赤に焼いて、左右の脇にさし挟んで、しばらく我慢していたのであ

ります。その焼けて焦げるありさまは、目も当てられぬものでありました。本人は「なんだ、たいしたことじゃない、できるぞ」と、身燈の準備を始めたのでありますが、やがて、また考えた。

「身燈ならかんたんにできる。しかし極楽へ行ってどうするのだ。詮ないじゃないか。それにおれは所詮凡夫《ぼんぷ》だから、さて終わりというときになって、どうだろう、まだ疑う心が出てきやしないか。補陀落山《ふだらくせん》ならば、この現世に存在し、今のおれが、この身のままで行くことができるところだ。それなら、あそこへ行こう」と思い立ちました。

それですぐに火傷《やけど》を治し、土佐の国に知ったところがあったので、行って、新しい小舟を一艘《そう》作らせ、朝夕これに乗って舵《かじ》の取り方を習いました。

その後舵取りに頼んで、北風がたえまなく、強く吹くようになったら教えてくれるように話をつけて、その風を待って、小舟に帆をかけ、たった一人で、南をさして漕《こ》ぎ出していきました。

男には妻子がいましたけど、本人があれほど思いつめたことでしたから、止めてもむだでありました。男の舟の消えていった方角を見つめて泣くことしかできませんでした。

世間の人はこれを聞いて、並大抵の決心ではない、きっと補陀落山へ行き着くだろうと噂《うわさ》しました。一条院のみ代だったか、賀東聖《かとうひじり》という人が、これと同じやり方で、弟子を一人連れていったと語り伝えられていますけれども、それに倣ったのかもしれません。

（巻第三第五話）

書写山の客僧、断食して往生の事。そしてこのような行をそしってはならぬという事

播磨《はりま》の書写山《しょしゃざん》（円教寺《えんぎょうじ》）にふらりとやって来た放浪の持経者《じきょうじゃ》がおりました。法《ほ》華経《けきょう》を心に覚え、声に出して読み上げることを修行としていました。人の情けで、書写山に住み着いて何年か過ぎていきました。取りわけ、長老の僧を頼りにして

おりました。

ある日、持経者が言いました。

「わたしは、正念《しょうねん》でこの生を終わって、極楽に生まれ変わりたいと深く願っておりましたが、どんな終わりを迎えるかは、知りようがありません。いっそのこと、妄念もなく、病もない今、この身を捨てようと思っています。身燈《しんとう》や入海《じゅかい》はあんまり目立つし、苦しみも深いでしょう。それなら食物を断ってやすらかに終わろうと思い立ちました。自分の心一つで決めたことなら、揺らぐこともあるかもしれない。それでこうして打ち明けました。どうか、どうか、口外無用に願います。居所は南の谷に見つけてありますので、後はそこに籠るばかりです、これから無言の行に入ります。師とこうしてことばを交わせるのも、今日が最後になりましょう」と。

それで、長老は涙をぼろぼろこぼして言いました。

「ああ、なんてことを思い切ったのだ。このことは、ずっと深く考えているんだろうから、もう何も言うまい。でも気にかかってたまらなくなったときは、様子をうかがいにそっと忍んでいってもいいのだね」と。

「よろしゅうございます。信用して打ち明けたのですから」と言い交わして、持経者は出ていったのでありました。

長老は、心を揺さぶられました。すぐにでも訪ねていきたかったのですが、うるさく思うだろうと憚《はばか》っているうちに日が経ちました。七日ばかり過ぎて、教わった場所を訪ねてみると、人間一人やっと入れるくらいの庵《いおり》があり、持経者は、その中で経をよんでいました。長老は近くに寄って、「弱って苦しくなってないか、どんな心持ちか」と聞きますと、持経者は、ものに書きつけて返事をしました。

「数日間は苦しくて、心静かに死ねそうにないと思って不安でした。でも、二、三日前までまどろんでいたら、夢の中で、幼い子どもが来て口に水をそそぐ夢を見ました。そしたら、なんだか体が涼しくなって、力もついて、今は苦しくありません。このままいけば、望んでいたように終わりを迎えることができそうです」と。

なんてとうとい、うらやましいくらいだと感動しながら、長老は坊に帰りまして、あまりの感動に、たぶん近しい弟子に話さずにはいられなかったのだと思います。話はいつしか広まりました。書写山の僧たちが、縁を結びたい、結んで、未来の往生につなげたいと、籠る持経者を訪ねていきました。

「いけない、あんなに口止めしたのに」と長老は弟子に言いましたが、もう止めることはできませんでした。しまいには郡《こおり》の内に広く知れわたり、遠近問わずいたるところから人が集まってきて大さわぎになりました。長老も行って、できるかぎり人々を止めようとしましたが、止められる人の数ではありませんでした。持経者は何も言いませんでしたが、辛《つら》く感じているのは見て取れて、老僧は、何もかも自分の過ちであると思えば、せつなくてたまりませんでした。

夜も昼もなく人が来て、物を投げたり米を撒《ま》いたりして拝んでさわぐので、往生できるとはとても思えないやかましさでありました。やがて、持経者は、いつとも知れずにそこから這《は》い出して、姿を消してしまいました。人々が手分けして、山をしらみつぶしに捜したのですが、見つかりませんでした。「なんと不思議なこと」と、みんな口々に言いました。

その後十余日して、思いがけずその跡が見つかりました。元いたところから少し離れた雑木林の藪《やぶ》の中に、法華経と紙衣《かみぎぬ》だけがありました。

ほんの三、四年前のことで、山で、かれを知らなかった人はいないというほど。

この末世に、実にめずらしい出来事でした。

長明（わたし）は、こう考えた。

罪を作るのは、すべて自分が原因だ。そう思いさだめて、死に臨んで往生を願うならいい。でも、身の程を越えたことを願うのも、この濁りきった世の習いだ。どうかすると、人はこの持経者をそしって言うのだ。「前の生で人に食い物をやらなかったんじゃないか。その報いで、おのれを見失い、こんな目に遭った」とか。「魔が持経者の心をたぶらかし、人を驚かして、往生行きを邪魔している」とか。

わたしたちが前生から何をひきずっているのかはわからない。でも、それを気にし始めたら、何もできない。どの行も、食べたいものを食べずに、身を苦しめて心を砕く。これがすべて前生で人を苦しませた報いなのか。諸菩薩《しょぼさつ》が仏になるためには、仏法を極めて自分の身を軽んじる。同じことができないのは、自分の心が弱いからだ。やってる人がここにいるのに、それをそしることはないじゃないか。

善導和尚《ぜんどうかしょう》は、念仏の祖師で、生きながら悟りを得た方だ。浄土行きは間違いなかったはずなのに、浄土に行くためには正念臨終、つまり、はっきりした意識で浄土へ行きたいと願いをこめた状態で死ななくてはと考えて、木から身を投げたという。あの善導和尚が、人のためにならないことを始めるわけがない。

法華経にこう書いてある。「発心《ほっしん》して悟りを求めるならば、手の指、足の指に火を灯《とも》して、ブッダに捧《ささ》げよ。国、城、妻子、あるいはこの広い世界全体のどんな宝を捧げて供養する者より勝っている」と。

長明（わたし）は、こうも考えた。

人の身を焼くという。皮膚の焼かれるにおいは臭い。あんな穢《けが》らわしいものはない。仏のためには何の役に立つというのか。一房の花、一つまみの香にも及ぶわけはない。しかしそこには、苦しみに耐える強い意志がある。それがあるからこそ、捧げ物として意味があるんだと思う。それならば、もし誰かが、潔く発心してこう思ったら……。

「『この広い世界全体のどんな宝を捧げて供養する者より勝っている』と仏がおっしゃるのだ。わたしたちには難しいことがあっても、この身は自分のもの。しかもその身は、夢のように空《むな》しく朽ちるもの。それなら指一本などと言わず、身命をすべて投げ出したらどうだろう。苦しみはほんのいっとき。その苦しみで、ずっとくり返してきた生死の罪を償える。仏の加護のもと、正念で死んでゆける」

そう考えて、食べ物を絶ち、身燈し、あるいは入海したら、もともと、誰のために阿弥陀《あみだ》が発した願であるかを考えれば、阿弥陀は、その人を、きっと浄土の光の中に迎え入れてくださるに違いない。今の世でもよく聞くのだ。こういう行をして命を終わろうとする人には、その瞬間、珍しい香が匂うとか紫いろの雲がたなびくとかの瑞相《ずいそう》があらわれるという話。かれの夢で、童子が水をそそいだというのも、おそらくそれだ。ありがたく信じようじゃないか。疑って何の益がある。

自分の心の至らなさを棚にあげ、信じないばかりか、他人の信心をも乱そうというのは、馬鹿もここに極まれり、としか思えない。

（巻第三第七話）

蓮花城、入水の事

最近のことです。蓮花城《れんげじょう》という、人に知られた聖《ひじり》がおりました。登蓮法師《とうれんほうし》は友人で、何かにつけて親しく情をかけてきたのですが、何年か経って、聖がこんなことを言いました。

「年を取ったら、ずいぶん弱くなった。死もそう遠いことじゃないような気がする。正念を保ったまま終わる。それがわたしのいちばんの望みだから、心の澄んでいる今、入水《じゅすい》をして終わろうと思う」と。

登蓮法師は驚いて、「いけない、いけない、一日でも多く念仏行をするのがいちばんいいのだ。そんな行は馬鹿な人のすることだ」と言って諫《いさ》めたのですが、聖の気持ちは揺らぎませんでした。

そこまで決心が固いのならもう止めない、前生からの縁なのかもしれない。そう考えて、登蓮は準備の手伝いをしました。そしてとうとう蓮花城は、桂川《かつらがわ》の深いところにずぶずぶと入っていって、念仏を高く唱えて、水の底に沈んでいきました。

聞きつけた人々がおおぜい集まってきて、まるで市の立つ日のような賑《にぎ》わいでした。みんな、蓮花城の最期に感動し、そして悲しみました。長い間のつきあいだったと思えば、とても悲しくて、登蓮は涙をおさえながら帰ったのでありました。

何日も経ちました。登蓮は物の怪《け》が憑《つ》いたような、不思議な病になりました。そして、療治の最中に霊が現れて、「死んだ蓮花城だ」と名乗ったのでありました。

登蓮が言いました。

「それはおかしい。わたしはきみと長年つきあってきて、最期まで恨まれるようなことはさらさらない。それだけじゃない。きみの発心《ほっしん》は実にりっぱで、終わりはあんなに尊いものだった。いったいどういうわけで、こんなふうに出てくるのだ」と。

物の怪は言いました。

「それだよ。きみがあんなに止めてくれたのに、わたしは自分の心もわきまえず、つまらない死に方をしてしまった。別に人のためにやったわけじゃない。死ぬ間際に心を変えるなど、考えてもいなかった。天魔のしわざだったのかもしれない。あのとき、まさに水に入ろうとしたとき、とつぜん心残りになったのだ。でも、あれだけの人の中で、どうすればやめられる？　たのむ、今、止めてくれと、きみを見た。目が合った。でもきみは気づかなかった。知らぬ顔で、さあ、早く早くと急がせて、わたしは沈んだ。恨めしかった。こうなると往生もへったくれもない。こんなあさましい道に入りこんでしまった。これは自分の愚かさの蒔《ま》いた種だ。人を恨んだってしかたのないことはわかっている。でも最期のその一念、死にたくないと思ったその一念によって、こうしてここにやって来た」と。


これが宿業《しゅくごう》だ。

覚えておいてもらいたい。そして、末の世の人々のいましめにしてもらいたい。人の心は測りがたい。必ずしも、きれいな心、まっすぐな心だけじゃない。勝ちたい、認められたい、名声が欲しいという心でいっぱいになり、おごり、たかぶり、ねたみ、そねむ。そういう心から愚かにも、身燈《しんとう》したり入海《じゆかい》したりすれば即浄土と短絡的に考えて、心の逸《はや》るままに思い立って動いてしまう。こんなものは、邪教でやってる苦行と同じ、とんでもない間違いだ。

火や水に入る苦しみは尋常じゃない。よっぽど強い意志を持っていなければ耐え切れない。苦しみを感じれば、心は乱れる。仏の助けのほかには、正念を保つ、それしかない。

愚かな人々が言うのだ、「身燈はできないだろうが、入海はかんたんだ」と。傍目《はため》には静かにことが進むから、誰もその苦しみがわからないだけなのに。

ある聖がこんなことを言った。

「水に溺れて死にそうになったことがあります。助けられて、命からがら生きのびました。そのときの苦しみ、鼻や口から水が入っているときの苦しみはすごかった。地獄だってこんなじゃないと思ったほどです。入水はかんたんだと言いますが、ちゃんちゃらおかしい。水がどうやって人を殺すか知らないから、言えることです」と。

また、別の人はこう言った。

「行いはみな、わが心から出る。自分の行いは、自分で知るしかない。他人には、どうしたって知りえないことなのだ。前生で作った善因も悪因も、それが報いる未来の果《はて》も、仏のご加護も、すべて、落ち着いてじっくり考えれば、わかってくる。

たとえば、修行のために山林の中や荒野に一人で入り込んだとする。危険を怖《おそ》れ、命を惜しむ心があるなら、仏が守ってくださると期待してはいけない。まず、垣や壁で周りを囲い、逃げる用意も怠らず、自分で自分の身を守り、自分で自分の病を治す。その上で修行をがんばっていこうと考えるべきだ。

ひたすら仏に捧《ささ》げた身だと思い澄まし、虎や狼《おおかみ》に襲われても怖れず、食い物が尽きて飢えて死んでもいいのだという気持ちになれば、仏も必ず守ってくださる。諸菩薩《しょぼさつ》も、来て守ってくださる。悪鬼も毒獣もなんにもできない。盗人は情け心を起こして去り、病は癒える。覚悟のない心のまま、仏に守ってもらおうと考えるのは、実に危うい」と。

ほんとうに、そのとおり。

（巻第三第八話）

玄賓、大納言の妻に懸想する事。そして不浄観の事

昔、玄賓《げんひん》（玄敏）僧都《そうず》という人がおりました。貴いも賤《いや》しいも、みんながこの人のことを仏のように思っていましたが、中でも大納言の某《なにがし》は、長い間、この僧都に帰依していたのでありました。

あるとき、僧都はなんとなく病みついて、なかなか治りません。大納言は心配して、とうとう僧都のところへやって来て、ご気分はいかがですかなどと、てあつく見舞ったのでありますが、どうか近くへ来てください、話したいことがありますと言うので、なんだろうと思いながら、近くに行きますと、玄賓は、忍び声でこう言いました、

「これはたいした病じゃないのです。先日、あなたのお屋敷へうかがったとき、北の方があんまりおうつくしいのを、いいえ、よく見たわけじゃない、ちらりと見

ただけなんですけど、それ以来、何がなんだかわからなくなった。心は迷い、胸はふさがり、ものも言えなくなりました。こんなこと、口にするのも憚《はばか》られることですけど、長年、信頼してこうしておつきあいをしてきたあなたです、どうやって、この気持ちをおさめたらよいものか、すっかりわからなくなって、悩みぬいております」と。

大納言は驚いて、こう言いました。

「そんなことなら、なぜもっと早くおっしゃらない。かんたんなことです。すぐお悩みを消しましょう。わたくしの家においでください、お望みのとおりに便宜をはからいましょう」と。

そして家に帰って妻に一部始終を話しますと、妻の方でも、

「よろしゅうございます。よほどのお気持ちでおっしゃったんでしょうねえ。喜んでというわけじゃありませんけど、あなたもよくよくお考えなすったことなんですから、いやとは言われませんわ」と言いましたので、その用意をして、僧都を家に招待しました。

僧都は、僧としての礼装を見事に着こなしてやって来ました。大納言は、なん

となく間の悪さを感じつつも、とにかく、間仕切りのある、せっくすできる部屋に案内しました。僧都は、大納言の妻がうつくしく着飾ってそこにいるのを、ほぼ二時間、まじまじと見つめて、何度も何度も指を弾《はじ》いていたのでした。そしてとうとう近くに寄ることもなく、中門の廊下に出て、かぶりものをかぶると、帰っていきました。

それ以来大納言は、ますます僧都を尊敬し、深く帰依しました。僧都は、不浄観の行をおこなって、執着心をひるがえしたのだろうと思われました。

長明（わたし）の考えはこうだ。

不浄観というのは、人の身が穢《けが》らわしいものだということをじっくりと考える行である。

仏法のいろいろな教えはみな仏の教えではあるけれども、ときどきとてもむずかしく、愚か者には、どうもぴんと来ないのだ。しかしこの観法は、目に見え、心にすぐわかる。悟りやすく、思いやすい。人に焦がれて執着しているとき（まだ分別があれば、だが）この不浄観をやるべし、よく効く。

だいたい、人の体というのは、骨と肉で、朽ちた家のようにできている。六腑《ろっぷ》五臓は、大蛇がとぐろを巻いてるようだ。血は体をうるおす。筋は継ぎ目をおさえる。薄い皮膚一枚が、そのもろもろの不浄を隠す。おしろいをつけ、香を焚《た》いても、ただの偽り、あるいはまやかし。海の幸山の幸も、食べて一晩たてば、みな不浄になる。美しいかめにうんこを入れ、腐った死体を錦で着飾らせるようなものだ。大海の水をぜんぶ使ってこれを洗っても、浄くはならない。栴檀《せんだん》をごう焚いて匂わしても、すぐに香りは無くなり、悪臭が臭いはじめる。

ましてや魂が抜け、命が尽きた身は、塚のほとりに捨てるしかない。すると、やがて膨れあがり、腐って、散らばり、白骨になる。……これが人間の本質だ。それを人は厭《いと》うのだ。

「愚か者は、仮の存在に夢中になって心を乱す。厠《かわや》の中の虫がうんこに夢中になるようなもの」とはよく言った。

（巻第四第六話）

ある女房、臨終にいろんな魔を見る事

皇女の子として生まれた女が、世間から離れて暮らしておりました。病を得て、いよいよ死ぬというときに、往生に導いてもらいたいと、聖《ひじり》を枕元に呼びました。聖にすすめられて念仏をしているうちに、女の顔色がまっ青になり、なにかを怖《おそ》れているように見えました。

「いったい何が見えますか」と聖が聞きますと、女は言いました。

「恐ろしげな者たちが、火の車を曳《ひ》いてきます」と。

それで聖は言いました。

「わたしたちを救いたいという阿弥陀仏《あみだぶつ》の願いを強く信じて、仏のみ名をやすまず唱えてごらんなさい。五逆を犯した人だって、ちゃんと導かれて、念仏を十ぺん唱えれば、極楽に生まれると言いますよ。あなたはそんな罪は犯してないんですから、なおさらです」と。

　そう聖が言いますと、女はうなずいて、また声を上げて唱えつづけました。しばらくすると女は、先ほどと打って変わって、喜びに満ちて見えました。聖が聞きますと、女は言いました。

「火の車は消えました、きらきらひかるきれいな車に、天女がたくさん乗って音楽を奏でています、きっとわたしを迎えにきてくれたんですよ」と。

「それに乗っちゃいけませんよ、今までどおり、ただひたすら阿弥陀仏を念じて待つんですよ」と聖が言いますと、女はさらに念仏をつづけました。

　またしばらくすると、女は言いました。

「きれいな車は消えましたけど、今度は墨染めの衣を着た、とってもとうとく見えるお坊さまが一人だけそこにいらっしゃいます。さあいっしょに行きましょう、あなたの行くのは道もわからない方角ですからわたしが案内してあげますよとおっしゃいます」と。

　それで聖は言いました。

「けっしてついていってはいけませんよ。浄土へ行くには、しるべなんて要りません。救いたいと思う仏のお誓いにすべてをおまかせしていれば、自然と行き着くところです。一人で行かなくちゃならない道だと覚悟して、もう少しがんばってごらんなさい」と。

しばらくしてまた女が言いました。

「さっきの僧も見えなくなりました、もう、だあれも、おりません」

「さあ今ですよ」と聖は励まして言いました。「この隙にさっと行ってしまおうという心づもりで、集中して心をこめて念仏してごらんなさい」

女は念仏を、四十ぺん、五十ぺん、六十ぺん、だんだん声が弱くなったかと思うと、ふっつり途切れて、そのとき息が絶えました。

これも、魔がさまざまに形を変えて、女をだまそうとしたのであります。

（巻第四第七話）

ある人、臨終に物が言えなくなり、恨みを遺す事

長いつきあいの友人がおりました。某《なにがし》としておきます。だいぶ前、建久《けんきゅう》の頃です。某が重い病になり、出入りの聖《ひじり》を呼びました。聖は行って親身に世話をしました。状況はなかなか深刻でありました。某は日に日に弱っていくのに、まだ自分が死ぬとは、思っていないのです。周囲の侍女たちも、某より何にも考えていないのです。

某には小さい子どもが何人もいましたが、中でもかわいがっている娘が一人いました。母親は早く亡くなっていて、某はそれを悲しんで、再婚もしていませんでした。自分が死んだらこの娘がどうなるかと気にかけて、婿取りの準備を進めていましたが、病気になっても引き続き、その準備をあれこれとしていたのであ

りました。聖ははらはらして見ていましたけど、まだそんなに悪くなかったので、死のことを言い出すのは、さすがに憚《はばか》られました。

　十日ばかり経って、いよいよ病状が重くなりました。某本人も不安そうなようすを見せ、周囲の人も、万一のことがあるかもしれないと考えるようになりました。そこで、聖が言いました。

「憚りながら、人間の身とは、意外にはかないものです。亡き後のことは、ちゃんと決めておいた方がよろしゅうございますよ」と。

「それもそうですな」と某が答えるのを聞いて、幼い子どもも、周囲の人も、みんながすすり泣きました。今夜はもう遅いから、明日には必ずと言っていたのに、その夜から病状があらたまり、某は苦しみ出したのです。

　人々はうろたえて、「だんなさまに相続のことを決めていただきたい。お亡くなりになってしまったら、いったいどうすればいいか」と聖に言い、聖もそのとおりと思いますから、「さあ、どうなさいますか」と聞きますと、某は苦しみをこらえつつ、「わたくし、某は、次のとおりに遺言を……」とこまごまと二時間ばかり話したのですが、やがて呂律《ろれつ》が回らなくなってきて、書くから紙と筆を、ということになりました。ところが、筆を渡されても、もはや手が震えて書けません。やっと書いたのは、まさしくみみず書きでありました。しかたがないので娘の乳母《めのと》が、ふだんから某の言っていたことを話し、聖が書き取って某に見せると、某は頭を振って、「だめだ、破いてくれ」と言うので、破らなければなりませんでした。もはや、どうすることもできません。思っていることを言えなくてじれったそうなのが、聖は気の毒でなりませんでした。

真夜中には、まだ意識がありました。夜が明けると、意識はなくなっていて、そのまま、遺言のことは取り紛れてしまいました。聖は念仏をすすめましたが、それもできません。そして、次の日の昼前に、何かにすごく驚いたように二回叫んで、そのまま息が絶えてしまいました。恐ろしいものを見たのかもしれません。

この友人は、遠い任地で死にました。それで後から人に聞きまして、もう一回会いたかったと思っていたら、二十日ばかりして、夢に見ました。絹の狩衣《かりぎぬ》を着て、昔と同じように、向かい合って座っておりました。わたしは会えてうれしかったんですけれど、友はものを言わないんです。ただ何も言わずに向かい合ったまま、目が覚めました。目が覚めても、はっきりその姿が目に残っておりました。

時間が経つにつれて、だんだん薄墨色にぼやけていき、しまいには人の形もなくなり、煙のようになり、そして消えた。その面影は今でもわすれられない。

長明（わたし）はこう考えた。

人の死ぬのは悲しいものだ。

分別のある人は、いつも終わりのことを考えて、苦しみが少ないように、導いてくれる聖に出会えるように、仏菩薩《ぼさつ》に祈れ。

悪い病にかかると、苦しみにさえぎられ、臨終が思うようにいかない。臨終のときに正念を保っていられなかったら、これまでの修行もむだになる。聖の導きも役に立たない。ところが、正念を保ったまま臨終を迎えても、聖の導きがなければ、やっぱりだめだ。これで終わりと思えば、肉親との別れは悲しい。名にも金にも執着が残る。見るもの、聞くもの、気にかかる。いったいどうしたら、平静な心で浄土を願えるのか。

長い年月を、念仏を唱え、道心を保って生きた人は、仏のおかげで最後まで正念を保ち、必ず善い聖と出会って、導いてもらえる。

耳にひびくのは、阿弥陀《あみだ》の願だけ。

口から出るのは、阿弥陀のみ名だけ。

そして諸仏諸菩薩のお迎えを待つ。そうすれば、妻子との別れもなぐさめられる。

それから極楽のようすを考える。そうすれば、この穢《けが》れた世界への執着もなくなる。

信心はいちずに進む。

死んでこの世界を離れるや、浄土に生まれ変わる……これが往生を遂げるということだ。

「死期を悟ってそれを待つのは、つながれた獄から出る日を待ち望むようなもの」と言うほどだ。諸仏諸菩薩がお迎えにきてくださる。美しい調べを聞き、妙《たえ》なる香をかぐ。そしてとうとう、あんなに見たかった阿弥陀仏のお顔を、この目で見る。その幸せは、ことばにはできまい。

だから、人は、往生を願う。

道心が少なくても、ただの死を恐れる心からであっても、人は、往生を願わずにはいられない。

（巻第四第八話）

入間川の洪水の事

武蔵《むさし》の国入間川《いるまがわ》のほとりに、大きい堤を築き、水を防ぎ、その中に田畑を作って家が建ちならんでいるところがありました。ある男が、その集落の長《おさ》として長年住んでいました。とりあえず、名を「長《おさ》」としておきます。

あるとき、梅雨時の長雨がつづいて、川が不気味なほどに増水しました。この堤は切れたことがなかったので、人々は、まだ大丈夫だと、のんきなことを言っておりました。しかし雨は降りつのり、容れ物をひっくり返したような降りになってきました。そして、その夜中。とつぜん、雷のような世にも怖《おそ》ろしく鳴りどよむ音が聞こえました。長も、寝ていた人々も、驚いて飛び起きて、何が起きたかと怯《おび》えました。

　堤が切れたようだと長は思い、郎等《ろうどう》を呼んで、見て来させようとしましたが、戸を開けるとすでにいちめんの水、二、三町が海の面のように白みわたっていたのでありました。いったいどうしたらと言ううちにも、みるみる水かさは増して天井に届きました。長の妻子も他の人々も、みんな天井にのぼり、桁《けた》や梁《うつばり》にすがりついて泣き叫びました。その間にも長と郎等は屋根の葺板《ふきいた》を押し上げ、棟にのぼって避難の方法を考えたのですが、そのとき家全体がゆらゆらと揺らいで、柱の根が抜けました。家は浮いて、堤もろとも湊《みなと》の方へ流れていきました。郎等の一人が言いました。

「もうだめだ、海は近い。湊に出ればこの家は波に砕かれる。水に飛びこんで泳げば助かるかもしれない。広がって流れているから、どこかに浅いところがあるかもしれない」と。

　それを聞いて、子どもたちや女たちが、置いていかないで、助けてとわめきました。

　堪えがたかった。悲しかった。でもどうしようもない。助ける力はない。

自分一人でも生き残ればと思って、郎等の男と二人で水へ飛びこんだときは生きた心地もしませんでした。しばらくは二人で声をかけあいながら泳いでいったのですが、流れは速かった。やがて見失いました。

今は長ただ一人、どこへともなく流されるまま、泳いでいきました。

「もうだめだ。力が尽きる。水は果てしなく続いている。今こそ溺れて死ぬのだ」

長は仏神を念じました。どんな罪の報いにこんな目に遭うか、あれかこれかと、考えるともなく考えながら泳いでいきますと、白い波の中に黒いものが見えました。地面かと思って、やっとのことで泳ぎ着いてみると、流れ残った蘆《あし》の葉の先です。浅瀬などではない。これでも無いよりましだ、つかまってちょっと休もうと思ったとき、何かが触れてきました。頭にも、胴にも、手足にも、何かがまといついてきたのでありました。驚いてさぐると、なんと大きい蛇でした。流されて、この蘆にひっかかり、鎖のようにつながってわだかまっていた蛇が何匹も、ものに触れたのを喜んで、巻きついてきたのでありました。

気味が悪かった。厭《いと》わしかった。堪《たま》らない思いだった。

空は墨をぬりたくったような黒、星の一つも見えません。地は見渡すかぎりの白波で、浅瀬らしいところはどこにもありません。

長は、疲れ果てておりました。身にはびっしりと蛇がからみつき、重たく、動こうにも力が出ず、地獄の苦しみというやつもこんなものか、いやこんなに酷《ひど》くはないかと考えながら、悪夢を見ているような心地でした。

情けなかった。悲しくてたまらなかった。

そのうち、仏神のお助けだったかもしれません、浅いところにたどり着きました。そこで蛇をかたっぱしからふるい落としました。しばらく休んでいるうちに、東の空が白くなり、見えてきた山を目じるしに泳いでいくと、どうにかこうにか陸地に着いたのでありました。

舟を探してまず浜へ行きました。目も当てられない惨状がそこにありました。波に潰され、壊された家が、算木を散らすように散らばっていました。 汀《みぎわ》に打ち寄せられた男、女、馬牛のたぐいは、数も知れませんでした。その中に、長の妻も子もいました。家の者十七人、一人残らずいたのでありました。泣きながら、家のあった方へ行ってみると、三十余町がなんにもない河原になっておりました。

あった跡さえ無くなっておりました。あんなにたくさんあった家々も、貯《たくわ》えてあった品々も、朝夕呼び使っていた奴《やっこ》たちも、一夜のうちに滅んだ。滅んで、無くなった。誰もいなくなった。郎等の男一人、泳ぎができて、生きのびて、明くる日に訪ねてきたのでありました。

この話を聞いてどう思ったか。

この世を厭うたか。この世を離れようと思ったか。他人事《ひとごと》だと考えたか。自分だけはこんな目には遭うまいと考えたか。人の身ははかなく、破れやすい。この世は苦だらけ。危険な目に遭うのはわかっていても、海山を通らずにはいられない、海賊が恐ろしくても、宝を捨ててばかりはいられない。

ましてやこの世。生きて、働いて、罪を作る。妻子のために、身を滅ぼす。難に遭うこと、数知れず。難の原因も、万とある。そんな中で苦しまずに済む方法はただ一つ、悟りの国に往《い》って生まれることだけだ。

（巻第四第九話）

日吉神社に詣でる僧が死人を葬る事

遠くない昔の、別に名前の知られていない僧の話です。あるとき、生きづらくなり、何もかもいやになり、京から日吉《ひよし》神社へ百日詣でをすることにしました。八十余日目になりまして、神社からの帰り道、大津というところを通りかかりますと、ある家の前で、若い女が人目も気にせず、しゃくりあげる間もないほど、大泣きに泣いておりました。

僧はこれを見て、何があったのか知らないが、普通の悲しみ方ではない、よほどのことがあったに違いないと思い、気の毒になり、近づいて、「何を悲しんでおられるか」と聞きますと、女は僧を見て言いました。「日吉神社へお詣《まい》りの方とお見受けいたします。だったら、なおさらお話しできません」と。

僧は、憚《はばか》りのあることのようだなと気がつきましたが、やはりあんまり気の毒で、心をこめてまた聞きました。すると今度は、女も答えて言いました。

「実はこういうことなんでございます。わたくしの母が、ずっと病みついていたんですが、今朝、とうとう亡くなりました。悲しくてなりませんけど、避けられない別れでございますから。でも、今こうして悩んでおりますのは、どうやって葬ればいいかということです。わたくしは一人身で、相談する人もおりません。女で非力でございます。隣近所の人はご愁傷さまと来てくれましたけど、お義理です。神事の多い地域ですから、穢《けが》れを、とても憚るのでございます。もう、どうしていいかわからないのです」と。

言い終わらないうちに、女は、またさめざめと泣き出しました。僧はこれを聞いて、ますます気の毒になり、しばらくもらい泣きしながらそこに立ち尽くしておりましたが、やがて心に思ったのでありました。

「仏は、衆生《しゆじよう》をあわれむあまりに、この濁った世に神のかたちで現れてくださった。この人の嘆きを聞きながら、情けをかけずに通り過ぎるなんてできるものか。わたしはこれほど深く人をあわれんだことはないのだ。仏もご照覧くださいますように。神もおゆるしくださいますように」と。

そして女に言いました。

「もう大丈夫だ。わたしが葬ってあげる。外に立っていると人目もあるから、さあ中へ」と。

女はありがたがってまた泣きました。

日が暮れました。僧は、暗闇にまぎれて、死んだ人を家から運び出し、葬るべきところに葬り終えたのでありました。

その夜、僧はなかなか寝付かれずに、つくづくと考えておりました。

「八十余日のお詣りが無効になるのは口惜しい。わたしは死の穢れに触れたが、なにも名利のためにやったんじゃないのだ。そうだ、ただお詣りに行ってみよう。行ってみて、衆生を救おうとお誓いになった神のお心を知ろう。生まれる死ぬるの穢れに対する物忌みは、名目だけなのかもしれないし」と強く考えまして、暁に起き、沐浴《もくよく》して身を浄め、日吉へ出かけていきました。

道すがら、さすがに胸がうちさわいでなりません。自分はそら恐ろしいことをやっているのだと思えてなりません。

日吉神社に着きますと、二の宮の御前に人がぎっしりと集まっていました。たった今十禅師が巫女《みこ》に憑《つ》いて、託宣をしているところでした。僧は身の穢れを憚って近寄らず、遠くで、物陰に隠れて、口の中で経文を唱えておりました。百日詣でが途切れなかったことに安堵《あんど》していました。さて帰ろうとすると、巫女が、遠くから僧を見つけて言いました。

「そこな僧よ」

僧は仰天しました。逃れようもなく、わななきながら神前に出ていきましたが、集まった人たちにはわけがわかりませんでした。

巫女は、僧を近くに呼び寄せますと、耳元でささやきました。

「僧のゆうべしたことをはっきり見たぞ」

総毛立ち、胸がふさがり、僧は生きた心地もありませんでした。巫女はさらに言いました。

「怖《おそ》れずともよい。感心なことだと見ておった。われはもとより神ではない。衆生をあわれむあまりに神としてあらわれた。人に信心を起こさせるためであるから、物忌みするのも一つの方法だ。そなたのような者にはわかるであろう。ただ人に語るな。そなたが慈悲のために禁忌を犯したこと、愚か者にはわかるまい。

みだりに倣えば、ようよう発したこれっぽっちの信心が乱れてしまう。善悪は、人によって違うのだよ」と。

ありがたく、かたじけなく、僧は泣きながら日吉神社を出たのでありました。その後この僧には、神の利生《りしょう》かと思われることが多く起こったと言います。

(巻第四第十話)

母、娘をねたみ、手の指が蛇になる事

どこの国のことだったか、聞いたのはたしかですが、忘れてしまいました。あるところに年上の妻と連れ添っている壮年の男がおりました。妻には連れ子が一人いました。妻が、そのときいったい何を思ったか、いまだによくわからないのですが、とにかく、ある日男にこう言いました。

「わたしにおひまをくださいな。家の中の一間で、のどかに念仏を唱えて暮らし

たいんです。そしたら、よそから女を連れてくるより、この子を後添いになさいませ。関係ない人にあれこれされるよりは、わたしにとってもいいでしょうよ。もう年取ってしまって、夫婦でいることが何かにつけてわずらわしくなっちゃって」

そんなことを言われて、男も驚いたのでありました。娘も、とんでもないことと思っておりましたけど、母の心としては、いいかげんな思いつきではなく、熱心に、何べんも、二人を説得してかかりまして、とうとう、そうまで言うならそうしようということになりまして、妻を奥の方に住まわせて、男は継娘《ままむすめ》を後添いにして、夫婦として暮らしました。

その後も「どうしているかなと思って」などと言いながら、ときどき男は女の部屋に顔を見せ、新しい妻も、母を大切にして日々を暮らしていましたが、ある日、男が外に出かけ、妻は母の部屋に行って話をしていたときのこと。母のようすがなんだかおかしい、何か考え込んでいるようですので、娘が、「おかあさん、心配なことがあるのなら、どうぞ話して。隠しごとなんかしないで」と言いますと、「あら、なにも考え込んでなんかいませんよ。ちょっとこの頃、体の調子がよくないもんだから」などと言いまぎらわすところがよけい気にかかり、娘がさらに聞きただしますと、母はとうとう語り出しました。

「そうなの、もう何を隠したりするものか。つらくてつらくてたまらないの。今のこの状態はわたしが言い出したことなのよ。だから誰も恨むことなんかないのにね。でも夜中に、ふと目が覚めたとき、ああ一人で寝てるんだと思うとたまらなくなってしまうのよ。昼間あなたたちのようすをのぞきにいったことだってあるの。あなたたちが××するっていうこと、どうして考えなかったのかと言われればそれまでだけど、今だって、胸の中がざわざわしてどうしてもおさまらない。こんな苦しみを味わうなんて思ってもみなかった。誰のせいでもない、自分のせいよと思い返して、今まで我慢してきたけど、こんな深い罪になってあらわれてきたのよ。ほら、こんなにあさましいことになってしまったの」

そして両手を差し出して見せますと、その親指が二本とも蛇になり、まっ赤な舌をひろひろと差し出しておりました。

娘はこれを見るなり、目の前が真っ暗になり、考えることもできなくなり、そのまま何も言わずに髪をおろして尼になりました。男が帰ってきて、これを見て、やはり僧になりました。元の妻も尼になり、三人とも、仏の道を生きていきました。朝夕このことを懺悔《さんげ》しておりましたから、蛇の指も、やがて元にもどりました。後には、母は京の町を乞食《こじき》をして歩いていたということです。この目で見たという年寄りから聞いた話ですから、そう昔のことではなかったと思います。

女は愚かである。そねむし、ねたむ。往々にして、罪深い報いを得ることにもなる。しかし、却《かえ》ってこんなふうに表にあらわれてしまったら、きちんと悔いることになって、罪が滅するかもしれない。表向きは何もなかったように、でも心の内ではもんもんとして、悩んで、思いわずらって、一生暮らす人は、地獄の業《ごう》をどんどん作り固めていっているのだ。なんとかして、仏の教える「心の師」となり、今感じているこの執着は前生の報いだと考え、あるいは、夢の中のことだと思い澄まして、たった一念でいいから、悔いる心を持たなければ。

「重い罪を作ってしまっても、少しでも悔いる心があれば、定まった業にはならずに済む」とどこかに書いてあった。

（巻第五第三話）

正算僧都の母、子のために母心をつくす事

比叡山《ひえいざん》に、正算僧都《しょうざんそうず》という人がおりました。とても貧しい人でした。西塔《さいとう》の大《だい》林《りん》というところに住んでいた頃、年の暮れ、雪が深くつもって、訪れる人もいなくなり、煮炊きの煙もふっつり途絶えてしまったことがありました。

京都に母がいましたが、いつも不義理をしているから、こんなときに頼るのも心苦しい。この苦境を知られないようにと思っていましたら、雪の中での心細さを察してくれたのか、人づてに聞いたのか、母から手紙が届きました。

「都にいても、雪が降ると、ぱったりと人づきあいが途絶えますよ。雪の深い山の中では、どんなに心細いかしらね」

母心のこもったことばが書きつけてあり、ちょっとした品物も添えてありました。

思いがけなかったので、どんなにうれしかったか。でも、何より使いの男が、この寒い中を、深い雪を掻《か》き分け掻き分けしてやって来たのが気の毒で、まず火を焚《た》いて、運んできた食べ物を食べさせました。ところが使いの男、食べようとして箸をつけたのに、はらはらと涙を落として食べるのをやめてしまいました。わけを聞きますと、男は答えました。

「母上さまからの品物、かんたんに手に入ったものじゃございません。母上さまがほうぼうお尋ねになったんですけど、手に入りませんので、ご自身の髪の毛の下の方をお切りになって人にお遣《や》りになって、それでお手に入れなすったものなんです。今いただこうとして、母上さまのあなたさまに対するお慈しみを考えて、わたしなんかこんな賤《いや》しいものですけど、もう胸がいっぱいになりまして、どうにも喉を通らないのでございます」と。

これを聞いて心が動かぬはずがない、正算も涙が止まらなかったのでありました。

情愛の深いこと、母心にかなうものはありません。愚かな鳥獣まで、その慈しみの心を持っています。田舎の人にこんなことを聞きました。

「雉《きじ》が卵を温めているとき、野火に遭うと、いったんは驚いて飛び立つんだが、子を捨てがたくて、煙の中に帰っていって焼け死んでしまうことが多い」と。卵を温める親鶏のことなら、みなさんもよく知っているはず。肌と卵が隔てられるのがいやなのか、胸の羽毛を自分で食い抜いて、卵をぴったり肌につけて一日中温めるのです。餌を食べに出ていっても、卵が冷えないうちにと急いで帰ってくるのは、よほどの情があると見ました。

また昔、わたし（長明）の故郷で、とつぜん遁世《とんせい》した人がありました。「鷹《たか》が好きで、飼っておったのですが、その餌にしようと思って犬を殺したんです。胎《はら》んだ犬だった。その腹を射切ったら、犬の仔《こ》が一つ二つこぼれ落ちた。走って逃げていった犬がすぐさま戻ってきて、仔をくわえて逃げていこうとして、力が尽きて、倒れて、死んだ。それを見て、発心《ほっしん》しました」と語っていたのを思い出します。

「鳥獣の情無きだに」とわたしたちは言います。かれらは畜生で、情なんて無いと思っている。それが、仔を自分の身にかえても守り抜く。それなら人は。親の腹に宿ったときから人となるまで、親に慈しまれ、育まれる。命を捨てて孝を尽くしても、報い尽くせるものではない。

（巻第五第十五話）

宝日上人、和歌を詠じて行とする事

少し前のことです。宝日《ほうにち》という聖《ひじり》がおりました。どんな修行をしていらっしゃいますかと人に聞かれて、「日に三度の行をしております」と答えました。それでさらに「どういう行を」と聞かれますと、こう答えました。

「暁には、

明けぬなり賀茂《かも》の河原に千鳥啼《な》く
けふも空《むな》しく暮れんとすらん

（夜が明けました。賀茂川の河原に千鳥が啼いています。
今日もむなしく一日が過ぎていきます）

日中には、

今日も又むまの貝こそ吹きにけれ

羊の歩みちかづきぬらん

(午《うま》の刻を知らせるほら貝を吹いています。

未《ひつじ》の刻も、そして死も、刻々と近づいてまいります)

暮れには、

山里の夕暮の鐘の声ごとに

今日も暮れぬと聞くぞ悲しき

(山里に夕暮れの鐘が鳴っています。その鐘の音ごとに、

今日も暮れたと言われているようで、悲しゅうございます)

この三首の歌を時間をあわせて詠みまして、日々、時が過ぎていくのを観じる方法です」と。

珍しい行ですが、人の心がさとりに向かう方法もいろいろです。修行もまた一筋にはいきません。たとえば……、中国の潤州《じゆんしゆう》の曇融聖《どんゆうひじり》は、橋を作って人を渡して浄土行きの行としたし、蒲州《ほしゆう》の明康《めいこう》法師は、川の渡し守となって往生を遂げま

した。

和歌というのは、真理を究める道であります。これによって心を澄まし、無常を観ずる行も、効果があるはず。

あの有名な恵心僧都《えしんそうず》は、和歌なんてキラキラしたことばで飾り立てるだけで好かんと言って、ぜんぜんやらなかったのですが、ある朝ぼらけ、はるばると湖水を眺めていましたら、波の上がぼうっとかすみわたり、一艘《そう》の舟が音もなく動いていく。そのさまに「何にたとへん朝ぼらけ」という歌を思い出しました。

世の中を何にたとへむあさぼらけ
こぎゆく舟のあとのしら波

(世の中を何にたとえようか、朝ぼらけの中を
漕いでいく舟の跡にできてすぐ消える白波にたとえるか)

ああそのとおりだと思い、ことばが心に沁《し》みいり、仏の道と和歌の道は、なんだ、一つだったんじゃないかと言って、それからは、折々に必ず詠むようになりました。

また最近では蓮如《れんにょ》という聖がおりまして、定子《ていし》皇后さまのお歌が、ご自分亡き

あと帝《みかど》にごらんいただきたいと寝室の帷《かたびら》のひもに結びつけておいたお歌であったと思い出し、いたく感動したのでした。こういう歌です。

夜もすがら契りし事を忘れずは
恋ひん涙の色ぞゆかしき

（あの夜、一晩中、わたくしを愛してくださったこと、忘れていらっしゃいませんわね、
恋する涙の色をもういちど見とうございます）

蓮如聖は、この歌を声に出して詠んで、泣きながら尊勝陀羅尼《そんしょうだらに》を読んで、また歌を詠んで、また陀羅尼を読んで、というやり方で、一晩中、一睡もせずに、定子皇后の後生を弔いながら冬の夜を明かしたと言います。なんという数寄者《すきもの》でありますか。

大弐資通《だいにのすけみち》は、琵琶《びわ》の名手でありました。源信明《みなもとののぶあき》の子、大納言経信《つねのぶ》の師でありました。この人はさらに普通の修行からかけ離れ、ただ毎日、持仏堂《じぶつどう》に入って、琵琶の曲を、弟子に数を数えさせながら弾きまして、それが極楽往生のための行であったと言います。

修行とは、行いと意志があって成り立つもの。むだなことは何もありません。その中にも数寄は、人との交わりを好まず、身の落ちぶれるのも気にせず、花の咲き散るのをあわれみ、月の出て入るのを気にかける。そのいちいちに、心を澄ませ、この世の濁りに汚されないようにするものなので、生滅のきまりも自然とわかるようになり、金も名誉もどうでもよくなる。出家してさとりを得るための入り口といえましょう。

保元の頃の話です。世に戦乱があり、崇徳院《すとくいん》が讃岐《さぬき》に流されておしまいになりました。

旅のお住まいがどんなにいたわしく、恐れ多いものであったか、お気の毒でなりません。讃岐の国の兵《つわもの》どもが、朝夕御所を取り囲んで、なかなか人も出入りできないという噂《うわさ》が聞こえてきました。それであの蓮如聖、たいへん情の深い心を持っていましたから、すっかり同情してしまいましたが、何もできません。人に頼むこともできません。妹の勤めがどうとかで、少しだけ崇徳院の暮らしぶりを知ることができました。昔、楽人として公の行事で御神楽《みかぐら》を演奏していたとき、たまにお姿を拝見するくらいでしたから、そんなに嘆くことはなかったのに、とうとうたった一人で、笈《おい》を背負って讃岐へ下っていきました。

行き着いてみれば、御所のありさまは、聞いていたよりさらにひどく、荒れ果てて目も当てられません。なんとかして中に入ろうと、一日中様子をうかがっていましたが、護衛が厳しく見張っていまして、人の隠れようもありません。空《むな》しく日が暮れていきました。

月の明るい夜でした。笛を吹いて御所の周りをめぐり歩いておりました。どうしようと思っているうちに、夜明けも近くなりました。黒っぽい水干を着た人が中から出てきました。渡りに舟で、その人に頼んで中に入ってみると、草は濛々《もうもう》と繁《しげ》っております。露は深々と置かれてあります。人の気配はどこにもありません。もの悲しく、うら寂しいところでありました。しばらくそこに佇《たたず》んでいましたが、板の端に歌を書きつけて、「お上のお目にかけてくださるまいか」とその人に差し出しました。

朝倉や木の丸殿に入りながら

君に知られで帰る悲しさ

（『朝倉や木の丸殿にわれをれば名のりをしつつ行くは誰《た》が子ぞ』という

歌がございますが、

その歌と同じように、わたくしがここにおりますことを、

崇徳院さまに知られないまま帰るのが悲しくてたまりません)

その男はまもなく戻ってきて、「これをさし上げるようにとおおせられました」

というのを受け取って、月明かりに見てみますと、歌が一首。

朝倉や只いたづらに帰すにも

釣する蜑《あま》の音をのみぞ泣く

(『朝倉や木の丸殿に』とおまえは言うが、

おまえをむなしく帰してしまうこのわたしは、

釣りする漁師のように声をあげて泣いておる)

ありがたくて、もったいなくて、これを笈《おい》の中に大切にしまって、泣きながら

帰っていったのでありました。

(巻第六第九話)

上東門院の女房、深山に住む事

ある聖《ひじり》がどうしても都がいやになって、住みぬべき処《ところ》やある、と探して歩いているときに、北丹波の深い谷に入り込みました。

人の通った跡もない深山の奥であります。ところがそこの川に、切った花の花がらの流れてくるのを見ました。なんとも不思議でありました。いったいどんな人がどんなふうに住んでいるのかと知りたくなりました。それで、さらに奥深く、分け入ってみましたら、粗末な柴《しば》の庵《いおり》が二つ、軒を並べて建っているのを見つけました。近くに寄ってみますと、窓から人の顔がのぞきました。前はどんな顔をしていたのかわからないほど黒ずんでやせ衰えた人でした。顔をのぞかせましたが、人のいるのを見ると、ひっこんでしまいました。

「だから言ったじゃないの、花がらを谷に捨てちゃだめなのよ」と聞こえてくるのは、女の声でありました。

　この濁った末世にも、こんなふうに暮らしている人がいたのであります。めったにあることじゃない、とてもとうとい、希有《けう》な魂に出会えたのだと、聖はおもわず涙がこぼれました。

「お住まいなのはどなたでしょう。山林の修行を堪えてきたわたしでも、なかなかこういう生活に入る覚悟はできません。それをこうして実践していらっしゃる。すばらしいことです」と話しかけてみましたが、まるで返事がありません。聖は、あきらめ切れずに言いつのりました。

「わたしはしかじかの者です。発心《ほっしん》して、世を逃れ、身を捨てて、山林にさまよい入ってきました。そしたらここで同じ志の方に出会いました。うれしゅうございます。女の身は何かと障りもありましょう。それなのに、こう発心なさったということ、心から感動しています。お話をうかがって自分を励ましたいのです。どうか隠さずにお話しくださいませんか」

　そう心をこめて説得したので、女はしばらくためらったのち、話しはじめたのでありました。

「隠していているわけじゃございませんせん。長い間ここに住んでおります。訪れてくる人もございませんから、あなたが突然いらしたので不安になりまして、なんてお答えしていいかわからなくなっただけで……わたくしたちのことをお話しいたします。

わたくしたちは二人とも、昔、二十歳《はたち》ばかりの頃に、上東門院《じょうとうもんいん》さまにお仕えしておりました。世のありさまが次々に移ろっていきました。高貴な人々も賤《いや》しい人々も片っ端から亡くなっていきました。わたくしたちは、この世に何にも未練がなくなってしまったのでございます。

その上、宮中の、ああいうところの習いでございます、色だの恋だのいろいろとありまして、ほんとうに苦しくて、罪の積もることもさんざんいたしましたから、それも怖《おそ》ろしくてなりません。それでとうとう二人で申し合わせて、誰にも行方を知らせずに隠れました。その後は、あちこち転々として人の情けで暮らしていましたけど、人のいるところは何につけても住みにくうございました。心にかなわぬことばかりでございました。

それが、思いがけずここに住み着きまして、もう長い年月が経ちますの。花が散り、葉が色づくのを見て、春秋の過ぎてゆくのがわかります。数えてみると、四十余年になりました。住みはじめた頃は、嵐の激しいのも鳥や獣の荒々しいのも怖ろしくて、堪えられないと思っていましたけど、今は住み慣れました。よそに行きましても、ここが住処《すみか》といそいで帰ってまいります。昔から、こういう運命だったのだなとしみじみ感じておりますの。

でも、わたくしたちも生きております。雲や風に身を任せているだけでは、食べ物が得られません。し始めたきっかけは忘れましたけど、今では、かわるがわる十五日ずつ一人ずつ里に出て、もう一人を養うことにしております。二つ並べた庵にこうして窓を開けて、そこから互いの生きているのを確かめあって、それを頼りに、後は明け暮れ、ただ、念仏しております」と、女は、気品のあることばづかいで、率直に語りました。

聖はますます感動して涙を流し、浄土にいっしょに参りましょうねと約束して帰ったのでありますが、しばらくして、麻の衣や食べ物を持って訪ねていったときには、庵はありましたが、女たちの姿はなく、行方がわからなくなっておりました。

長明（わたし）は、こう考えている。

人の心は同じじゃない。行いもさまざまだ。女の身で、こういう暮らし方を思い立ったというのは、これはすごい。よほどの決意があったんだろうと思う。穢《けが》れた、はかない女の身だ。それを、ああして山林に置いて、命を仏にまかせて、きよらかな、失われることのない信心を得る。強い意志がなければ、できるものではない。

なおも考えている。

輪廻《りんね》は、限りがなく、果てもない。一人の人間が一劫《いっこう》の間に輪廻する身の屍《しかばね》がすべて朽ちなければ、高い山に積み上がるそうだ。一劫でそんなだから、無量劫なら、もっとである。

その間に、いろんな生き物に生まれ変わり、苦も楽も経験しただろう仏の出現にも出会っただろうし、菩薩《ぼさつ》の教化《きょうけ》も受けただろう。でもわたしたちは、楽しいときは楽に耽《ふけ》って仏法を忘れ、苦しいときは苦を憂えるばかりで修行を怠る。今なお、凡夫《ぼんぷ》のまま、さとりのきっかけもつかめてない。過去の愚かだったことを悔いてはいるが、未来も、たぶん、このままだ。

そもそも、諸仏も諸菩薩も、もとは凡夫だ。わたしたちの父母だったり、妻子だったりしたこともあるかもしれない。でもあちらは修行を怠らず、流転する三界からとっくに出てしまった。こちらは、信なく、行なく、生死の巣守みたいに取り残されている。前生に結んだ縁のおかげで、なんとか、阿弥陀仏《あみだぶつ》のみ名を聞いた。その誓いに頼ることもできる。幸い身近に、修行して生死から離れようという人がいる。でも、それにもずいぶん遅れをとっている。

仏になるには時間がかかるそうだ。

釈尊《しゃくそん》は、気が遠くなるほど長い時間をかけて修行して仏になられたそうだ。時間だけじゃない。あるときは鳩《はと》の身代わりになって身を捨て、あるときは自ら飢えた虎に食われ、難行苦行して仏になられたそうだ。

行をして、次の生にはどこに往生するか。考えるのだが、過去の生や遠い未来の生に生まれたってしかたがない。ただ、今の生で、なんとか、戻ることのない信心を持つところまでたどり着きたい。それから少しずつ前に進んで、いつか大きなさとりの境地にたどり着きたい。

阿弥陀の極楽浄土には、願えば必ず行かれる。阿弥陀仏が、本願で、そう誓ってくださった。

「わたしが仏になるとき、すべての人々が、わたしを心から信じて、わたしの国に生まれたいと願って、わたしの名前を十回唱えて、それでも生まれることがかなわないのなら、それがかなうまで、わたしは仏にならずに人々と共に迷いつづける」と。

下品下生《げぼんげしょう》の人々（つまり、わたしたち）のためには、こう説かれる。

「どんな大悪人でも、命の終わるときに、僧に導かれて十回南無阿弥陀仏と唱えれば、猛火はたちまち滅して、極楽の蓮台《れんだい》に登れる」と。

あるいはこう言う。

「極重悪人無他方便《ごくじゅうあくにんむたほうべん》。唯称弥陀得生彼国《ゆいしょうみだとくしょうひこく》」

（極悪人には他に救われる道がない。阿弥陀仏のみ名を唱えて極楽に生まれるしかない）

またこうも言う。

「若有重業障《にゃくうじゅうごうしょう》。無生浄土因《むしょうじょうどいん》。乗弥陀《じょうみだ》願力《がんりき》。必生安楽国《ひっしょうあんらくこく》」

（前生からの差し障りで、浄土に生まれることのできない人。阿弥陀仏の本願を頼りにすれば、必ず極楽に生まれる）

そしてこう言う。

「其《ご》仏本願力《ふつほんがんりき》。聞名欲往生《もんみょうよくおうじょう》。皆悉到彼《かいしっとうひ》国《こく》。自致不退転《じちふたいてん》」

（阿弥陀仏の本願の力で、その名を聞き、往生したいと願えば、みんな浄土に行ける。信心を失うことのない境地に到れる）

これらの経文がわたしたちに教えてくれるのだ、迷いの世界を流転する凡夫だから浄土には行かれないと卑下してはいけない、と。

この世と極楽は縁が深い。阿弥陀仏とわたしたちもしっかりとつながれている。だから仏は、そのふしぎな力で、長くかかる修行を一日七日の行につづめ、六種の難行を一回ないしは十回称名にまとめ、戻ることのない信心を得る早道を、さとりにいたる早道を、教えてくださった。

百千劫の苦行も、仏にとっては何ほどのことでもない。それより、ただいっときの念仏こそ、仏の本願にはかなうのだ。

わたしが仏を念ずれば、仏がわたしを照らしてくださる。

仏がわたしを照らしてくだされば、わたしの罪は消えてなくなる。

そして必ず往生できる。

わたしたちに仏の姿が見えないのは、前生からの悪業《あくごう》にさえぎられているからだ。疑うな。

仏のみ心は、信心する者を裏切らない。罪は必ず消えてなくなる。疑うな。

自分の力だけでは難しいが、仏の願力を頼れば、すみやかにそこに行ける。『十住毘婆娑論《じゅうじゅうびばしゃろん》』に書いてある陸路と船路の譬《たと》えのとおり、修行は難行で、難行は陸路だ。念仏は易行で、易行は船路だ。ましてやわたしたちは、前生でなした善行が早くも報われて、こうして、仏法にめぐりあうことができた。

阿弥陀仏の本願を聞けばわかる。仏はわたしたちの声を聞き届けようとしてくださっている。わたしたちは罪深いが、極悪人というわけじゃない。信は浅いが、み名を十回唱えられない者はいない。

時は今、阿弥陀仏の慈しみがふりそそぐ時。

所はここ、大乗《だいじょう》のさかんな国、日本。

阿弥陀仏は、賢いも愚かも、僧も俗人も、区別なさらない。

財産を施せとも、身命を捨てろとも言われない。

わたしたちはただそのお誓いくださった願に頼り、口にみ名を唱え、心に往生を願えばよい。

そうすれば、十人中十人、必ず極楽に生まれるのである。

わたしたちのために発してくださった特別な願だから、仏法一般の考え方から外れている。因果の道理にもかなってない。何もかもを超越している。こんなうれしいことが他にあるか。信じないわけにいかないではないか。

阿弥陀経にはこう書いてある。「ガンジス河の砂の数ほどおられる諸仏が、長い舌をべろんと出して、全宇宙をおおいつくして、証言してくださる、『阿弥陀仏を念じてその願に頼れば、必ず極楽に生まれる』というのは真実だ」と。そこには疑問などないのだ。ただわたしたちの疑いを解くための証言だ。

凡夫である。わたしも人も。

現世にうつつを抜かす。ぬくぬくして、つまらないことに拘泥して、罪を作って。

阿弥陀ありがたい、極楽行きたいと思いはしても、何にもしない。信じない。疑いもしない。耳にも入らない。心にも沁みてこない。願う心がないんだから、熱心に勤めるわけもない。それで一生が夢のように過ぎ去る。あっという間に、目の前には三途《さんず》の川が流れている。「四十八願荘厳浄土《しじゅうはちがんしょうごんじょうど》。華池宝閣易往無人《けちほうかくいおうむにん》（蓮《れん》華《げ》の池や宝の御殿は行きやすいのに誰もいない）」というとおりだ。

生きとし生けるものの中でも、人間は考えるから、空を飛ぶ鳥も海に棲《す》む魚もかんたんに獲《と》れる。木を伐《き》り、海を渡る。獣を従え、蚕を飼って絹を織る。鉄を溶いて器を鋳る。凡夫凡夫と言ってるが、愚かでもなんでもない。しかし目の前に無常を見て、日々死期の近づくのを怖れないのは、智《ち》でもなければ賢でもない。

老いて死ぬばかりじゃない。若くても死ぬ。今日は他人の身の上だが、明日は自分の身の上だということを悟らないのは、無明《むみょう》の酒に酔い、長夜の闇に迷うようなもの。

この理を悟れ。

命にかまけるな。はかないものだ。
恩愛にとらわれるな。いつかは離れる。
頭の上の燃える火を振り払うように、往生を願え。
渇きに苦しんで水を飲み干すように、往生を願え。
あなたは願う機会にめぐりあったのだ。
むなしく帰るな。今、願え。
ただし、何事も宿業《しゅくごう》からという真理を忘れるな。
自分の行に打ち込むあまり、他の行をそしるな。
突きつめれば、
供える花も、焚《た》く香も、経の言葉ひとつひとつも、みんな浄土行きのためになる。
水は溝を伝って流れていく。
草の露がまじり、木の汁がまじっても、そのまま流れていく。
善は心にしたがっていく。
海のように広くて大きい阿弥陀仏の願だ。

どんな行も
この海に受け入れられる。
みんな救われる。

（巻第六第十三話）

全集版あとがき

景戒と出会い、長明と出会った

説話集というのは、高校の古文で毒気を抜かれたようなのばかり読まされたせいで興味を持たなかったのである。それが、四十くらいのときに再会してのめりこんだ。ちくま学芸文庫版の日本霊異記《にほんりょういき》だった。なにしろエロい。グロい。生き死にの基本に立ち戻ったような話ばかりである。しかしそこには信仰がある。今のわれわれが持て余してるような我《が》なんてない。とても清々《すがすが》しい。しかも文章が素朴で直截で、飾りなんかまったくない。性や性行為についても否定もためらいも隠し立てもない。素朴で率直で単純で正直で明るく猟奇的なんである。惚れ込んで、日本霊異記をもとに「日本ノ霊異《フシギ》ナ話」を書いた。読み込んでいたから、現代語訳はかんたんだろうと思ってたら、むずかしかった。途中で気づいたのである、読んでいたのは後代の学者の手による読み下し文で、景戒《きょうかい》の原文じゃなかったこと、原文はブロークンな漢文だったこと。それで漢字一つ一つを調べていったら、その一つ一つに意味があり背景があることがわかって、まるで幻灯みたいに、彼の生きた、八世紀の終わりから九世紀の風景が見えたような気がした。

日本霊異記の「流行り歌の縁、付・夢の話」、流星雨の話を読んだときのことは忘れられない。わたしもちょうどなんとか座の流星雨を見ていたのである。大きな宇宙の中に、景戒とわたし。千二百年の時間差があるのに、同じように空を眺め、流星雨を眺めている。そしてその直後、景戒は自分の見た夢の話を語りはじめた。景戒が、千二百年前の人間とは思えないくらい生々しく感じた。それにつづく夢の読み解きは思い込みとこじつけだらけ。でも、そこを我慢して読んでいったら、彼の思いつめた心が伝わってきた。死体を焼く夢も、狐の鳴き声も、息子の死も、そのどの挿話にも、彼の感じた悲しみや恐怖が迫ってくるようだ。そうやって「流行り歌の縁、付・夢の話」で景戒を感じ取ってから、遡って他の話を読み返すと、どの話の中にも景戒がいたのがよくわかった。彼が話の後につけるコメントは、彼の古代性が丸出しで、ある意味むちゃくちゃで、よくわからないのもあるが、だからこそ、景戒らしくておもしろいと思える。そう来たか、と景戒さんとやりとりするように読んでいったのである。

景戒に夢中になってから説話集やいろんな往生伝を読んでみた。でも後代のものは、説明や描写、ことばの修飾が多くて、なんだかダラダラしていると感じてしまうのである。でも長明《ちょうめい》にいたった。そしたら文章がすごかった。素朴で率直で明るく猟奇的な景戒とは、また別の意味ですごかった。後代だから、説明も描写も格段に多いのである。でも根底に長明という人がしっかりいて世界を見て書いている、その対象からの距離の取り方もすごい。書き連ねるリズムがすごい。災害文学の書き手としてすばらしいのは、発心集《ほっしんしゅう》の「入間《いるま》川《がわ》の洪水の事」でも、方丈記の第二段でもよくわかる。そして人間のダークな部分や、理性でどうにもできない心の動きを容赦なく描き切る人として、すさまじいとしかいいようがない。

ただ長明は、話の後のコメントがおもしろくない、景戒のような意外性も愛嬌もなく、上から目線で常識的。とくに「上東門院《じょうとうもんいん》の女房、深山《みやま》に住む事」の後半はくどくって、辟易《へきえき》しながら訳していったのである。しかし訳しているうちにわかってきた。長明が何を考えていたのか。おもしろおかしく説話を披露するだけじゃない、心の根底に、真摯な気持ちがあった。それがあったからこそ、長明はこれを書いた。その気持ちを昔の仏教者たちが持っていたから、このジャンルはただの説話集じゃなくて仏教説話集と呼ばれている。

景戒にも、長明にも、書けば人に伝わる、人を救えるという思いがあった。希望があった。自分ひとりで成仏するより人を助けるという菩薩《ぼさつ》道を実践したいという気持ちがあった。それがはっきり伝わってくるそれぞれの序と、霊異記の「流行り歌の縁、付・夢の話」と発心集の「上東門院の女房、深山に住む事」である。

参考文献

日本霊異記
・『日本霊異記』上・中・下　多田一臣 校注　ちくま学芸文庫
・『新編日本古典文学全集 10 日本霊異記』 中田祝夫 校注・訳　小学館
・『新潮日本古典集成 日本霊異記』小泉道 校注　新潮社
・『新日本古典文学大系 30 日本霊異記』出雲路修 校注　岩波書店
・『日本霊異記』上・中・下　中田祝夫 全訳注　講談社学術文庫
・『日本霊異記』原田敏明・高橋貢 訳　平凡社ライブラリー

発心集
・『新潮日本古典集成 方丈記・発心集』三木紀人 校注　新潮社
・『新版発心集 現代語訳付き』上・下　浅見和彦・伊東玉美 訳注　角川ソフィア文庫

文庫版あとがき

私が古典にハマったのは、日本を出てカリフォルニアに移住して、そこの文化になじめず、またなじみたくなかったから、という理由もあったかもしれない。そういえば高校のとき、成績がわるくてわるくてほんとうにわるくて、どうしようもなくて、生きることになじまなくて、逃げるために『古文研究法』という参考書を出来心で買って読んだら、古文が読めるようになって、学校への行き帰り、これみよがしに「枕草子」や「堤中納言物語」などを読んでいた一時期があった。あの頃、日本霊異記や発心集にたどりついていれば、人生がだいぶ変わっていただろうと思う。

あるとき、ある話を探していた。カイコを飼っていた女の犬がそのカイコをぱくっと食べてしまって犬の頭から極上の絹糸が出てきたという話。どこで読んだか、日本霊異記だったかと思って、端から端までざーっと読んでもみつからず、今度は後ろからざーっと読んだがみつからず、何回かやってるうち、霊異記にハマって抜けられなくなった。太宰治や中原中也みたいに読みふけった。とくにそこにあるエロとグロが。それで何編かを下敷きに、あちこち好き勝手に引きのばしてみたら、『日本ノ霊異《フシギ》ナ話』という本になった。

このたびの現代語訳は、そのときの昂った気持ち——霊異記愛とでも言おうか——をおさめるために、たいへんに役に立った。何より、著者の景戒《きょうかい》さんに忠実に、を心がけたのだった。

私は数ある仏教説話の中で、日本霊異記がいちばん好きだ。原始的な欲望と好奇心にみちみちていて、文章も、漢文だけど日本語で、日本語だけど漢文で、シンプルで力強く、よぶんな修飾語も言い回しもなく、伝えるための意志と言葉の骨のようなものだけが感じられ、現代文を書くときのおてほんにしたいような文章、いや、私は実際、景戒さんの文章をつねにおてほんにしているのかもしれない。

発心集も、若い頃には出会わなかった。若い頃は、発心なんかしたくもなかったから。
　だれがどうやって発心したか、変人としてどう生きたかというのがテーマの仏教文学の中でも、私はとくに発心集が好きだ。作家としての長明《ちようめい》さんが好きだ。文章のリズムにクラクラし、太宰治や中原中也みたいにきゅんきゅんした。私は、長明さんを慕うあまりに自分なりの発心集を書き始め、『いつか死ぬ、それまで生きる　わたしのお経』という本になったと思っていたが、もしかしたら、いまだにその続きを書いてるのかもしれない。

二〇二三年十一月

伊藤比呂美

解題

森　正人

説話集と説話

日本霊異記《にほんりょういき》と発心集《ほっしんしゅう》は、説話集と呼ばれる。説話を集めて編まれた書という意味であり、収録されている説話は仏教を主題とし、集としても仏教的な理念を標榜しているから、仏教説話集として扱われる。文学として鑑賞し批評する観点からは、よく知られている今昔物語集や宇治拾遺物語などとともに説話文学と呼ばれることが多い。

では、これらの作品に集められた説話とは何か。「ハナシ」という言葉で言い換えられることが多いが、現代語の「ハナシ（話・噺・咄）」は多様な意味を持っているので、完全には重ならない。平安時代・鎌倉時代の言葉では「モノガタリ（物語）」と呼ばれることもあったが、この言葉の用法も広く、そのまま置き換えるわけにはいかない。それでも、数々の説話集から、説話はもともと口で語り耳で聞くものという意識で書きとめられ編まれていることが読み取れる。

説話集における説話は一つ一つが短小で、まとまりが与えられて自立しており、それぞれに表題をそなえていることが多い。たとえば、日本霊異記では、各表題が「捉雷（雷《いかづち》を捉《とら》ふる）縁第一」などと番号を付して記され、発心集の説話表題は「千観内供《ないぐ》、遁世籠居ノ事」のように記載される。一方、今昔物語集の表題は、説話内容を要約する文が「語第一」と番号を付して結ばれる。発心集の「事」は問題なく「コト」と読めるが、今昔物語集の「語」も「コト」と読まれ、「縁」は「エン」と音読みされ、また「コトノモト」（起源、由来などの意）と訓読みされてもいる。日本語の「コト」は、事象（できごと）と表現（ことのは）の二つを担っていることが知られよう。ここから、できごとであって、かつこれを言葉で表現したもの、それが説話であると説明することができる。

日本で最初に編まれた説話集が日本霊異記で、平安時代にも幾編か編纂されたが、院政期から鎌倉時代に最も多く出現した。発心集もそのなかの一つである。説話集は、さまざまの説話を集めまとめ並べることによって知識の整理を行い、これを利用する人に世の中の見方、ものの考え方を提示する役割を持つ。武者の世となり、新しい仏教が起こり広まる時代なればこそ、多数の説話集が生まれ世に迎えられたのである。

日本霊異記について

日本霊異記は三巻に分けられ、各巻に序をそなえ、上巻に三十五、中巻に四十二、下巻に三十九の説話を漢文で記す。編者は景戒《きょうかい》、薬師寺の僧である。最末尾の説話に弘仁（八一〇〜八二四年）の年号と賀美能《かみの》天皇（嵯峨天皇、八二三年退位）の名が見えるので、弘仁年間に成立したか。正式の書名は「日本国現報善悪霊異記」。「現報」「善悪」「霊」「異」は序文と説話の表題と本文にくりかえし用いられる語で、日本国における現報、善悪の因に対する善悪の果、これを言い換えて霊《あや》しく異《めずら》しいことを記し集めた書物という意味になる。「記」とは漢文体の一種で、事実をそのまま記した文章を言う。すなわち、因果応報という仏教の教義に基づく、人の善い行いには善い報いが、悪い行いには悪い報いが必ずあるということの実例集である。

こうした仏教の霊異を記した書は唐の時代に多数編纂されている。日本霊異記上巻の序文にも冥報記《みようほうき》、般若験記《はんにやげんき》の名を挙げており、これらにならって作られたことが明らかである。各説話の内容を要約する表題は、読み下して上巻から一例を挙げれば「凶《あ》しき女、生める母に孝養せずして、現《うつつ》に悪死の報《むくい》を得る縁第二十四」と、「縁」という文字で括られる。これも中国仏教書の諸経要集、衆経要集金蔵論《しゆうきようようしゆうこんぞうろん》などに用いられ、さらに撰集百縁経《せんじゆうひやくえんきよう》など漢訳の経典にさかのぼることができる。表題の前半に因を、後半に果を挙げて、その必然の関係性を「縁」という語で表していると理解される。そして、重要であるのは「日本国」と冠する点で、これらの現報、善悪因・善悪果、霊異がほかならぬこの日本で起きたということ、この国もまた仏教の原理が貫徹する世界であることを宣言するものであった。

景戒の事跡は日本霊異記にみずから記す以外に明らかでないが、出家以前は妻子を持ち、長く在俗生活を送っていたことが知られる。下巻第三十八縁に、延暦六（七八七）年九月四日酉《とり》の時（午後五時〜七時）、深く煩悩にとらわれている身を省み、前世の行いを恥じ懺悔したこと、その夜に見た夢が詳細に記され、これが景戒の出家や日本霊異記編纂の動機でもあったと推測されている。しかし、ただちに薬師寺の僧になったわけではなく、官の許しを得ない僧（私度僧《しどそう》）として活動した時期があったらしい。日本霊異記の説話にも私度僧が多数登場する。特に、私度僧集団を率いていた行基《ぎようき》（六六八〜七四九年）は、文殊菩薩の化身とされ（上巻第五縁）、中巻第二、第八、第十二、第二十九、第三十縁などにくりかえし「大徳」と称されて登場し、重要な存在である。

日本霊異記の説話は、これら私度僧たちの活動のなかではぐくまれ、民間布教に用いられていたと考えられる。説話に語られる応報のすみやかさ、厳しさ、その表現の豊かさはそこに由来するであろう。因果の理を通して人間を捉える景戒の筆は、吉祥天女像に向けられた修行者の愛欲（中巻第十三縁）、男にふけって子どもに乳をやらなかった女の腫れた乳房から垂れる膿（下巻第十六縁）など、生々しい身体性をつぶさに描いてみせる。

発心集について

発心集は鴨長明（一一五五頃〜一二一六年）の著である。長明は下賀茂神社の神職の家に生を享《う》け、琵琶の名手であり、歌人としても後鳥羽天皇の歌壇で活動し、鴨長明集、歌論書として無名抄《むみょうしょう》を持つ。しかし、望む神職に就けず、世の交わりを断ってしまう。元久元（一二〇四）年、五十歳の頃か。そののち出家するが、こうしたふるまいは、当時「こはごはしき（かたくなな）心」（源家長日記）と評されている。大原で隠遁生活を送り、後に日野に移る。そこが方丈記の舞台となる。発心集の成立は晩年の建保二（一二一四）、三年とされるが、確かなことは分からない。

序文には、迷いの世界を離れて浄土に生まれようと願っても、人間の心は愚かで不安定極まりないものであるため、見聞きした先人の賢愚の事例を集め、座右に置いてこれに学びたいと、編纂の意図を述べる。そして、「我一念《わがいちねん》ノ発心ヲ楽《ねがふ》バカリニヤトイヘリ」（写本には「発心ヲ願」）。江戸時代の板本《はんぽん》は「発心ヲ楽《タノシム》」とするが、「楽」という文字は「ねがふ」と読む。「タノシム」の振り仮名は不適切）と結ぶ。書物を世に出す時に謙辞を添える慣わしに従ったのである。この時代、僧侶の著述には漢字片仮名文を用いるのが一般的であった。板本は一〇二の説話を第一〜第八に編むが、写本から四話を補える。

発心とは発菩提心《ほつぼだいしん》、完全な悟りの道への意志を持つことである。平安時代までの発心の到達点は出家入道で、その後は仏道を求める者として思索と修行を続けていけばよい。しかし、仏教教団も世俗化が進み、名利《みようり》すなわち名聞利養《みようもんりよう》（名誉と利益）を求める場になっていく。すると、これを批判して、教団を離れ一途に自身の信仰を貫こうとする仏教者が現れる。隠遁、遁世である。

発心集第一の巻頭に置かれたのが「玄敏僧都《げんびんそうづ》、遁世逐電ノ事《とんせいちくでん》」で、興福寺の智者として高い僧位を得ていた玄敏（玄賓とも。八一八年没）が、「世ヲ厭《いとふ》心深《ふかく》「寺ノ交《まじはり》ヲコノマズ」、三輪川のほとりに草庵を結んで住んだこと、天皇の厚遇を断り、名を隠して渡守となったという事跡が語られる。これをはじめとして、多くの理想的な求道者の姿がかたどられる。その一方で、入水往生《じゆすい》を企てながら間際になって執着を覚え不本意に死んだ蓮花城《れんげじよう》（第三―八）、死が迫っても遺言できず心乱れたまま死んだ長明の知人（第四―八）のことも語られる。

こうした様々の事例を記し集めるとともに、説話のそれぞれに憧憬、共感、批評、内省の文を加えるところに特徴がある。勧化《かんげ》の前に内省を重んずる姿勢が顕著である。

伊藤比呂美訳と原作

古典の現代語訳は、古文を教える教室でも行われ、しばしば注釈書にも付載されている。これらと伊藤比呂美の訳は同じくない。教師や研究者が訳したか、作家が訳したかという違いではなく、その目指すところ、果たすべき役割がまったく違う。教室や注釈書の訳は、古典本文の理解をたすけるためのものであり、原作に従属する。本書には伊藤訳だけを収めている。原作から自立した作品であることが求められており、現代語訳は一つの文学的営みにほかならない。

伊藤の訳は、原作本文の一字一句を丁寧に読み解き、理解を全体に行き渡らせたうえで、一旦内部に深く取りこみ、それを新たに訳者自身の言葉で表出して成り立っていると見受けられる。伊藤はかつて、日本霊異記によって、自身に景戒あるいは説話の登場人物をいわば憑依させて、『日本ノ霊異《フシギ》ナ話』（二〇〇四年）を創作したことがある。それと遠くはないが、異なる方法で作品を作り上げたと言えるであろう。

伊藤訳は古典への手引きではない。それでも、日本霊異記と発心集の何が伊藤に働きかけたか、その感応の秘密に触れたい読者は原作を手に取らねばならない。

（もり・まさと／日本古代・中世文学研究者）

本書は、二〇一五年九月に小社から刊行された『日本霊異記　今昔物語　宇治拾遺物語　発心集』（池澤夏樹＝個人編集　日本文学全集08）より、「日本霊異記」（抄訳）「発心集」（抄訳）を収録しました。文庫化にあたり、一部加筆修正し、書き下ろしの解題を加えました。

日《に》本《ほん》霊《りょう》異《い》記《き》・発《ほっ》心《しん》集《しゅう》

二〇二四年 三 月一〇日 初版印刷
二〇二四年 三 月二〇日 初版発行

訳 者 伊《い》藤《とう》比《ひ》呂《ろ》美《み》
発行者 小野寺優
発行所 株式会社河出書房新社
〒一五一―〇〇五一
東京都渋谷区千駄ヶ谷二―三二―二
電話〇三―三四〇四―八六一一（編集）
〇三―三四〇四―一二〇一（営業）
https://www.kawade.co.jp/

ロゴ・表紙デザイン 粟津潔
本文フォーマット 佐々木暁
本文組版 KAWADE DTP WORKS
印刷・製本 中央精版印刷株式会社

Printed in Japan ISBN978-4-309-42086-8

古事記　池澤夏樹［訳］
百人一首　小池昌代［訳］
竹取物語　森見登美彦［訳］
伊勢物語　川上弘美［訳］
源氏物語1〜8　角田光代［訳］
堤中納言物語　中島京子［訳］
土左日記　堀江敏幸［訳］
枕草子1・2　酒井順子［訳］
更級日記　江國香織［訳］
平家物語1〜4　古川日出男［訳］
日本霊異記・発心集　伊藤比呂美［訳］
宇治拾遺物語　町田康［訳］
方丈記・徒然草　高橋源一郎・内田樹［訳］
能・狂言　岡田利規［訳］
好色一代男　島田雅彦［訳］

雨月物語　円城塔［訳］
通言総籬　いとうせいこう［訳］
春色梅児誉美　島本理生［訳］
曾根崎心中　いとうせいこう［訳］
女殺油地獄　桜庭一樹［訳］
菅原伝授手習鑑　三浦しをん［訳］
義経千本桜　いしいしんじ［訳］
仮名手本忠臣蔵　松井今朝子［訳］
松尾芭蕉 おくのほそ道　松浦寿輝［選・訳］
与謝蕪村　辻原登［選］
小林一茶　長谷川櫂
近現代詩　池澤夏樹［選］
近現代短歌　穂村弘［選］
近現代俳句　小澤實［選］

＊以後続巻
＊内容は変更する場合もあります

伊藤比呂美の歎異抄

伊藤比呂美　41828-5

詩人・伊藤比呂美が親鸞の声を現代の生きる言葉に訳し、親しみやすい歎異抄として甦らせた、現代語訳の決定版。親鸞書簡、和讃やエッセイとも小説とも呼べる自身の「旅」の話を挟んで構成。

にごりえ　現代語訳・樋口一葉

伊藤比呂美 他〔訳〕　41886-5

豪華作家陣による現代語訳で、一葉の名作を味わいつくす。「にごりえ・この子・裏紫」＝伊藤比呂美、「大つごもり・われから」＝島田雅彦、「ゆく雲」＝多和田葉子、「うつせみ」＝角田光代。新装復刊。

源氏物語　1

角田光代〔訳〕　41997-8

日本文学最大の傑作を、小説としての魅力を余すことなく現代に甦えらせた角田源氏。輝く皇子として誕生した光源氏が、数多くの恋と波瀾に満ちた運命に動かされてゆく。「桐壺」から「末摘花」までを収録。

源氏物語　2

角田光代〔訳〕　42012-7

小説として鮮やかに甦った、角田源氏。藤壺は光源氏との不義の子を出産し、正妻・葵の上は六条御息所の生霊で命を落とす。朧月夜との情事、紫の上との契り……。「紅葉賀」から「明石」までを収録。

源氏物語　3

角田光代〔訳〕　42067-7

須磨・明石から京に戻った光源氏は勢力を取り戻し、栄華の頂点へ上ってゆく。藤壺の宮との不義の子が冷泉帝となり、明石の女君が女の子を出産し、上洛。六条院が落成する。「澪標」から「玉鬘」までを収録。

源氏物語　4

角田光代〔訳〕　42082-0

揺るぎない地位を築いた光源氏は、夕顔の忘れ形見である玉鬘を引き取ったものの、美しい玉鬘への恋慕を諦めきれずにいた。しかし思いも寄らない結末を迎えることになる。「初音」から「藤裏葉」までを収録。

平家物語　1

古川日出男〔訳〕　41998-5

混迷を深める政治、相次ぐ災害、そして戦争へ——。栄華を極める平清盛を中心に展開する諸行無常のエンターテインメント巨篇を、圧倒的な語りで完全新訳。文庫オリジナル「後白河抄」収録。

平家物語　2

古川日出男〔訳〕　42018-9

さらなる権勢を誇る平家一門だが、ついに合戦の火蓋が切られる。源平の強者や悪僧たちが入り乱れる橋合戦を皮切りに、福原遷都、富士川の遁走、奈良炎上、清盛入道の死去……。そして、木曾に義仲が立つ。

平家物語　3

古川日出男〔訳〕　42068-4

平家は都を落ち果て西へさすらい、京には源氏の白旗が満ちる。しかし木曾義仲もまた義経に追われ、最期を迎える。宇治川先陣、ひよどり越え……盛者必衰の物語はいよいよ佳境を迎える。

平家物語　4

古川日出男〔訳〕　42074-5

破竹の勢いで平家を追う義経。屋島を落とし、壇の浦の海上を赤く染める。那須与一の扇の的で最後の合戦が始まる。安徳天皇と三種の神器の行方やいかに。屈指の名作の大団円。

伊勢物語

川上弘美〔訳〕　41999-2

和歌の名手として名高い在原業平（と思われる「男」）を主人公に、恋と友情、別離、人生が描かれる名作『伊勢物語』。作家・川上弘美による新訳で、125段の恋物語が現代に蘇る！

更級日記

江國香織〔訳〕　42019-6

菅原孝標女の名作「更級日記」が江國香織の軽やかな訳で甦る！東国・上総で源氏物語に憧れて育った少女が上京し、宮仕えと結婚を経て晩年は寂寥感の中、仏教に帰依してゆく。読み継がれる傑作日記文学。